우리 고전 다시 읽기

국순전

국순전

임춘 외 지음
구인환(서울대 명예교수) 엮음

좋은 책 좋은 독자를 만드는

㈜신원문화사

머리말

　수천년 동안 한 민족이 국가의 체제를 갖추어 연면한 역사와 전통을 계속해 왔다는 것은 인류 역사를 살펴봐도 그렇게 흔한 일이 아니다. 그리고 그 민족이 고유한 문자를 가지고 후세에 길이 전할 문헌을 남겼다는 것은 더욱 흔한 일이 아닐 것이다.

　이러한 면에서 볼 때 우리 민족은 세계 어느 나라와 비교해도 손색없고, 자랑스러운 역사와 전통을 이어왔다. 우리 민족은 5천 여 년의 기나긴 역사를 통하여 수많은 외세의 침략을 받아 백척간두의 국난을 겪으면서도 우리의 역사, 한민족 고유의 전통을 면면히 이어온 슬기로운 조상이 있었다. 이러한 까닭으로 오늘날 빛나는 민족의 문화 유산을 이어받은 것이다.

　고전 문학(古典文學)이란 실용성을 잃고도 여전히 존재할 만한 값어치가 있고, 시대와 사회는 변해도 항상 시대를 초월하여 혈연의 외침으로 우리의 공감대를 울려 주기에 충분한 문화적 유산이다. 그러므로 오늘을 사는 우리는 조상의 얼이 담긴 옛

문헌을 잘 간직하여 먼 후손들에게까지 길이 이어 주어야 할 사명감을 가져야 할 것이다.

고전 문학, 특히 국문학(國文學)을 규정하는 기준이 국어요, 나라 글자라면 우리 민족의 생활 감정을 표현한 국문 작품이야말로 진정한 국문학이 된다 할 것이다.

그러나 우리 고유 문자의 탄생은 오랜 민족 역사에 비해 훨씬 후대에 이루어졌다. 이 까닭에 우리 민족은 일찍부터 외국의 문자, 즉 한자가 들어와서 사용했다. 이처럼 우리 선조들이 고유 문자가 없음을 한탄할 때에, 세종조에 와서 마침 인재를 얻어 훈민정음이 창제되었다. 하지만 여전히 한자가 독보적인 행세를 하여 이 땅에 화려한 꽃을 피웠다. 따라서 표현한 문자는 다를지언정 한자로 된 작품도 역시 우리 민족의 생활 감정을 나타낸 우리의 문학 작품이다. 이러한 귀결로 국·한문 작품을 '고전 문학'으로 묶어 함께 싣기로 했다.

우리글이 창제된 이후에도 우리 선조들의 손으로 쓰여진 서책이 수만 권에 달한다. 그 가운데에서 국문학상 뛰어난 몇몇 작품을 선정하는 것은 물론 산재해 있는 문헌의 자료를 수집하기 위해 숨어 간직되어 있는 작품을 찾아내는 것도 여간 어려운 일이 아니었다. 그럼에도 이만한 성과를 거두고 이만한 고전 문학 작품을 추리는 것은 현재를 삼는 우리의 당연한 책임이자 의무이다. 다만 한정된 지면과 미처 찾아내지 못한 더 많은 작품이 실리지 못한 것이 아쉬울 따름이다.

　　　　　　　　　　　　　　　　　　　　　　　엮은이 씀

차
례

국순전

　국순[누룩술]의 자는 자후(子厚. 흐뭇한 것)이다. 국순의 조상은 농서[1] 사람으로서, 90대 할아버지 모(牟)[2]가 순(舜)[3] 임금 때 농사의 일을 맡았던 후직이란 사람을 도와서 만백성을 먹여 살린 공로가 있었다.

　모(牟)라는 글자는 보리를 뜻한다. 보리는 사람이 먹는 식량이 되고 있다. 그러니까 말하자면, 보리의 먼 후손이 누룩술이 되었다는 이야기다. 옛적에 《시경(詩經)》에 말하는,

　'내게 그 보리를 물려주었도다.'

　모의 성은 은(隱)이다. 벼슬하지 않고 숨어 살면서,

---

1) 중국 진한 시대의 군 이름. 지금의 중국 감숙성 임조부에서 공창부의 서쪽에 걸친 곳으로 서역에 가까웠음.

2) 보리의 일종으로, 우리말로는 밀이라고 하는데, 술의 원료인 누룩은 이것으로 만듦.

3) 중국 전설상의 성천자. 부모에 효성스럽고 형제간에 우애가 있어 효덕이 천하에 알려졌음. 요를 도와 천하를 잘 다스리고 선위를 받아 나라 이름을 우(虞)라 일컫고 뒤에 우(禹)에게 선위함.

"나는 반드시 농사를 지은 후에 먹으리라."

하고 말하면서 밭 가운데 묻혀 살고 있었다. 이러한 모에게 자손이 있다는 말을 임금이 듣고, 조서를 내려 수레를 보내서 그를 불렀다. 또 그가 살고 있는 근처의 고을마다 어명을 내려 그의 집에 후하게 예물을 보내어 이를 받도록 하였다.

임금은 다시 신하에게 명하여, 친히 그의 집에 가서 귀천의 차별 없이 교분을 맺고 세상 사람과 함께 사귀게 하였다. 그리하여 점점 상대방을 감화시켜 마침내 가까워지는 맛이 있게 되었다. 이에 모는 크게 기뻐하여 이렇게 말하였다.

"내 일을 성사시켜 준 사람은 친구이니 어찌 그 말을 믿지 않겠는가?"

이윽고 그의 맑은 덕이 있다는 소문이 차츰 퍼져 임금의 귀에까지 들어가게 되었다. 임금이 그에게 정문(旌門)[1]을 내려 표창해 주었다. 그뿐만이 아니었다. 임금을 좇아 원구(圜丘)[2]에 제사를 지내게 하였으며, 그의 공로로 중산후에 봉하고, 식읍 1만 호나 실지로 식읍이 5천 호가 되게 함과 동시에 성(姓)을 하사하고 국씨(麴氏)라 하였다.

그의 5대손이 성왕을 도와서 사직을 지키는 일로 자기 책임을 삼아 태평스럽게 술에 취해 사는 좋은 세상을 이루었다. 그러나 강왕[3]이 왕위에 오르면서부터 점점 거리를 멀리하더니 마침내는 금고(禁錮)[4]를 시키고 말았다. 뿐만 아니었다. 심지어

---

1) 충신 · 효자 · 열녀를 표창하고자 그의 문 앞에 세우던 붉은 문.
2) 천자가 동지에 천제를 지내던 곳.
3) 중국 주나라 무왕의 아들. 나이 어려 임금이 되자 숙부 되는 주공단이 그를 도와서 나라를 잘 다스렸음.

나라의 명령이라 하여 꼼짝도 하지 못하게 하였다. 그래서 후세에 와서는 현저하게 나타나는 이가 없이 모두 민가에 숨어 지낼 뿐이었다.

위나라 초년이 되자 다시 순(醇)의 아비 주(酎. 소주)가 이름을 세상에 드러내게 되었다. 그는 곧 상서랑 서막과 알기에 이르렀다.

서막이 조정에까지 이끌고 나가 언제나 그에 대한 말이 입에서 떠나지 않았다. 어느 날 임금께 아뢰는 자가 있었다.

"서막이 국주(麴酎)와 사사로이 친하게 지내오니, 이것을 그대로 두었다가는 장차 조정을 문란하게 할 것이 틀림없습니다."

이 말을 듣고 임금이 성을 내며 서막을 꾸짖으니 서막이 머리를 조아리며 사과의 말을 아뢰었다.

"신(臣)이 국주와 친하게 지내는 것은 그에게 성인(聖人)의 덕이 있사옵기로 때때로 그 덕을 마셨을 뿐이옵니다."

임금이 서막을 책망하였다. 진(晋)나라 세상이 되자 그는 세상이 어지러워질 것을 알고 벼슬을 단념하고는 유령[5] · 완적의 무리들과 함께 죽림(竹林) 속에서 놀다가 세상을 마치고 말았다.

순은 도량이 넓고 깊어 마치 끝없는 만경(萬頃)의 바다 물결과 같아 맑게 할래도 더 이상 맑아지지도 않고, 휘저어도 더 흐려지지도 않았다. 그 풍미(風味)란 한 세상을 뒤덮어, 자못 기

---

4) 죄과 혹은 신분에 허물이 있어 벼슬에 쓰지 않음.
5) 진나라 때 죽림칠현의 한 사람들. 죽림칠현들은 당시 세상을 외면하고 죽림에 모여 술을 마시면서 청담(淸談)을 일삼았음. 그중에서도 유령은 특별히 술을 좋아했음.

운으로써 사람에게 더해 주기도 하였다.

일찍이 순이 섭법사에게 나가서 종일토록 담론한 일이 있었다. 이때 온 좌중의 사람들이 그의 말을 듣고 허리를 잡았다. 이로부터 그의 이름이 세상에 널리 알려지기 시작하였다.

세상 사람들은 그를 가리켜 국처사(麴處士)라고 불렀다. 이리하여 위로는 공경대부와 신선(神仙) · 방사(方士)¹⁾로부터 심지어는 남의 집 머슴 · 나무꾼 · 오랑캐나 외국의 사람들에 이르기까지 그의 향긋한 이름을 마시는 사람들이 부러워하고 흠모하였다.

이들이 여럿이 많이 모였다가도, 만일 국처사가 오지 않으면 하나같이 쓸쓸한 표정을 지으며 말하였다.

"국처사가 없으면 자리가 흥겹지 못하다."

하고 푸념하곤 하였다. 그가 당시 사람들에게 소중히 여겨진 것은 이러하였다. 태위 산도²⁾는 감식이 있는 사람이라고 알려졌다. 어느 날 그를 보고 말하였다.

"어느 놈의 늙은 할미가 이런 영리한 아이를 낳았단 말인가. 그러나 천하의 몸조심하는 착실한 사람들을 그르치게 하는 것은 반드시 이 사람이 아닐 수가 없다."

관청에서 그를 불러 청주 종사로 삼았다. 그러나 격(膈)의 위에 있는 것이 마땅한 벼슬자리가 아니라고 해서 다시 바꾸어 평원 독우를 시켰다. 그러나 얼마 되지 않아 그는 탄식해 말하였다.

"내가 이까짓 쌀 닷말 때문에 남의 앞에서 허리를 굽힐 수는

---

1) 신선의 술법을 닦는 사람 또는 도사.
2) 진나라 때 죽림칠현의 한 사람.

없다. 차라리 마을에 있는 아이들에게 가서 술자리 사이에서 서로 이야기하면서 노는 게 낫겠다."

그는 이렇게 말하고 벼슬을 내놓은 후 돌아가고 말았다. 이때 관상을 잘 보는 사람 하나가 그에게 말하였다.

"그대는 붉은 기운이 얼굴에 떠오르고 있으니, 뒤에 가서는 분명 귀하게 되어 천종(千鍾)의 녹(祿)을 받게 될 것이니, 잠시 있으면 누군가가 비싼 값을 내고 데려갈 것이다."

진(陳)의 후주 때가 되었다. 그는 양가의 아들로서 주객원의 랑이 되었다. 임금이 그의 도량이 큰 것을 기특하게 여겨 장차 크게 쓸 생각이 있었다. 이미 쇠로 만든 사발로 덮어 거른 후 벼슬을 올려 광록대부 예빈랑으로 삼고 작(爵)을 올려 공(公)으로 삼기에 이르렀다.

이로부터 어느 때나 임금과 신하가 회의를 할 때는 임금이 반드시 순을 시켜 수작하게 하였다. 순은 그 행동하는 것이나 수작하는 것이 임금과 신하들의 뜻에 맞게 하였다. 이에 임금이 그를 크게 칭찬하여 말하였다.

"경이야말로 곧고도 맑은 사람이로다. 내 마음을 열어 주고 내 마음을 살찌게 하는도다."

이리하여 순은 권리를 얻어 자기 마음대로 일을 하게 되었다. 어진 사람을 사귀고 손님을 접대하는 일, 노인을 정성껏 받드는 일, 신에게 제사를 지내는 일, 종묘에 제사를 지내는 일 들은 이때부터 모두 순이 맡아서 하게 되었다.

임금이 밤에 잔치를 베풀 때에도 오직 궁인과 순만이 곁에서 모실 수 있었고, 그 밖의 사람이면 아무리 가까운 신하라 하더라도 옆에 오지 못하였다. 이로부터 임금이 날마다 몹시 취해서 나라일을 전폐하다시피 하고 돌아보려 하지 않았다.

순도 또 임금의 입에 마치 재갈을 물리듯이 해서 아무런 말도 하지 못하게 하였다. 이렇게 되고 보니 예법을 아는 선비들은 순을 원수처럼 미워하게 되었다. 그러나 임금은 아랑곳하지 않고 순을 보호해 주었다. 게다가 순이 또 세금을 걷어들이는 것을 좋아하여 재산을 많이 모으니 여론이 그를 비루하게 여겼다. 어느 날 임금이 물었다.

"경은 무슨 버릇이 있는가?"

순이 대답하였다.

"옛날에 두예[1]는《좌전(左傳)》[2]을 읽는 버릇이 있었고, 왕제는 말을 파는 버릇이 있었다 하옵니다. 하온데 신(臣)으로 말할 것 같으면 돈을 모으는 버릇이 있습니다."

이 말을 듣자 임금은 크게 한바탕 웃고는 그를 더욱 감싸 주었다. 어느 날 순이 임금 앞에 나가 뵙게 되었다. 원래 순의 입에서는 냄새가 있어 임금이 이를 싫어하며 말하였다.

"이제 경은 이미 늙고 기운이 없어 내 앞에서 일을 견디지 못하겠는가?"

순이 임금의 말뜻을 알아듣고 관을 벗고는 사죄의 말을 하였다.

"신이 작을 받고도 사양하지 않는다면 끝내는 몸을 망칠 염려가 있사옵니다. 바라옵건대 신을 여염집에 돌아가게 해주시면 신은 그것에 그쳐서 저의 분수를 지키겠나이다."

---

1) 중국 진(晉)나라 때의 무장 학자. 자는 원개. 무제 때의 오왕을 굴복시켜 당양현후에 봉함받음.
2)《춘추》의 해석서로서 모두 30권. 좌구명의 작품이라고 전함.

이에 임금이 좌우 신하들에게 명하여 순을 부축하게 하여 집에 돌려보냈다. 그러나 집에 돌아온 순이 병이 들어 갑자기 죽고 말았다. 순에게는 아들이 없고 다만 그 족제(族弟)[3]에 청(淸)이 있는데, 후에 당나라에서 벼슬하여 내공봉까지 이르렀다. 이로부터 그의 자손이 온 중국에 번지게 되었다.

사신(史臣)이 말한다.

국씨는 그 조상이 백성에게 공이 있어, 청백(淸白)한 것으로 그 자손에게 물려주었다. 그것은 마치 창이 주(周)에 있는 것과 같아서 향기로운 황천(皇天)에까지 미쳤으니, 가히 그 할아비의 풍도가 있다 하겠다.

순이 병을 들고 다니는 지혜를 가지고, 독을 묻은 들창에서 일어나, 일찍이 쇠로 만든 뚜껑을 덮는 금구[4]에 선발되었다.

그리하여 순단지(樽)와 음식 만드는 도마 사이에 서서 담소를 하면서도, 종시 옳은 것을 받아들이고 그른 것을 물리치지 못하자 자연히 왕실이 날로 어지러워져 갔다.

그러나 끝내는 엎어지는 왕실을 붙들지 못하고 결국 천하 사람들의 비웃음거리가 되었으니, 옛날 거원[5]의 말을 족히 믿을 수가 있다.

---

3) 유복친(有服親) 이외의 아우뻘이 되는 남자.
4) 쇠나 금으로 만든 사발.
5) 죽림칠현의 한 사람인 산도.

작품 해설

    〈국순전〉은 술을 의인화한 작품으로, 세상 사람들에게 술에 대한 경계심을 일깨워 줄 목적으로 지었다.

    이 작품은 최초의 가전체 소설로, 술과 인간의 관계를 통해 인간이 술을 좋아하게 된 것과 술 때문에 타락하는 상황을 풍자하고 있다. 지은이는 이를 통해 당시 국정의 문란함과 벼슬아치들의 타락상을 비판하고 있기도 하다.

    그러면 이 작품의 내용을 살펴보자.

    국순의 조상은 중국에 있는 농서 지방 사람으로, 90대조는 후직을 도와 공로가 많고 청렴하므로 중산후에 봉해졌고, 국씨라는 성을 받았다. 5세손은 강왕 때 금고되었고, 위나라 초기에 국순의 아버지가 이름을 날렸으나 나라가 어지러워지자 벼슬을 버리고 죽림에서 놀았다.

    순은 도량이 크고 깊었으며, 그 맛이 세상에 드날리고 자못 사람에게 기운을 더해 주었다. 군신의 회의에는 국순이 나아감에 그 진퇴와 수작이 임금의 뜻에 맞아 마침내 권세를 얻었다. 그러나 국순은 돈을 밝히는 탓에 사람들로부터 비난받았다. 이에 국순은 벼슬에서 물러나 집에 돌아온 뒤 갑자기 병이 들어 하루 저녁에 죽고 말았다.

이 작품의 지은이인 임춘은 고려 의종·명종 때 문인이자 학자로, 호는 서하이다. 일찍부터 유교적 교양과 문학을 익혀 입신할 것을 생각했지만 마음과는 달리 과거에 여러 번 낙방했을 정도로 벼슬과는 인연이 적었다.

의종 24년인 1170년에는 정중부의 난으로 재산을 빼앗기고 강남으로 피난하여 겨우 목숨만은 건졌다. 이처럼 가난하고 불우한 일생을 보내며 현실에 대한 비판 의식이 강했던 그는 작품을 통해 자신의 강렬한 현실 지향 의식을 표출했다.

문재는 뛰어났지만 30세에 세상을 죽은 뒤 이인로가 그의 유고집 《서하선생집》 6권을 엮었다.

국선생전

국성(麴聖)[1]의 자는 중지(中之)라고 하며 바로 주천(酒泉) 땅에 사는 사람이다. 국성이란 맑은 술을 말하는 것이요, 중지란 곤드레만드레를 의미한다.

국성이 어렸을 때 서막(徐邈)[2]에게 귀여움을 받았다. 서막은 그를 크게 기뻐한 나머지 심지어 그에게 이름과 자를 지어 주기까지 하였다. 그의 먼 조상은 원래 온(溫)이라는 땅에서 살았다. 항상 농사를 부지런히 지어 넉넉하게 먹고 살았다. 그런데 정나라가 주나라를 칠 때 그들을 잡아갔기 때문에 그 자손들이 정나라에 여기저기 흩어져 살기도 하였다.

국성의 증조는 그 이름이 역사에 나타나 있지 않다. 조부 모(牟)가 주천이라는 곳에 옮겨 와서 살기 시작하였다. 그래서 마침내 주천 사람이 되었다고 한다.

---

1) 술이란 말.
2) 진(晉)나라 고막 사람. 벼슬이 중서사인에 이름. 술을 좋아했음.

　그의 아버지 되는 차(흰 술)에 이르러 그의 집에서는 처음으로 벼슬을 하였다. '차'란 흰 술을 뜻하는 말이다. 차는 평원 독우가 되어서는 사농경 곡씨의 딸에게 장가들어 성을 낳으니 성이 어려서부터 이미 도량이 깊었다. 손님들이 그 아비를 찾아왔다가도 오히려 성을 유심히 보고 귀여워하면서 말하였다.

　"이 아이의 마음과 도량이 크고 넓은 것이 마치 만경창파와 같구려. 더 맑게 하려고 해도 맑아지지 않으며 흔들어도 더 이상 흐려지지가 않소. 그러니 그대와 이야기하는 것이 성과 함께 즐기는 것보다 못한 것 같소."

　성이 차차 자라남에 따라 중산의 유령 심양[1]의 도잠과 더불어 친구가 되어 사귀었다. 이 두 사람이 일찍이 성에 대해서 이렇게 말하고 있었다.

　"단 하루라도 이 아들[성]을 만나 보지 못하면 마음속에 비루한 생각과 인색한 생각이 자꾸만 일어난단 말이요."

　이들이 서로 만나기만 하면 종일토록 모든 피로를 잊어버리고는 마음으로 취하고서야 헤어졌다. 나라에서 성에게 조구연 벼슬을 내렸지만 성이 그것을 받지 않았다. 그리고 또 불러서 청주 종사를 삼으니 공경들이 계속하여 그를 조정에 천거하였다. 이에 임금이 조서를 내리고 공거(公車)를 보내서 그를 바로 불러온 다음 눈짓하며 말하였다.

　"저 사람이 바로 주천의 국생인가? 내 그대의 향기로운 이름을 들은 지 이미 오래이니라."

　이보다 앞서 태사가 임금에게 아뢰며 이렇게 말하였다.

---

1) 중국 만주 지방. 요동성의 도시. 성에는 궁전, 교외에 동릉, 북릉등 청조의 명소가 있음.

"주기성(酒旗星)이 크게 빛을 내고 있습니다."

태사가 이렇게 아뢴 지 얼마 안 되어 성이 도착하였다. 임금이 이로써 더욱 성을 기특하게 여겼다. 즉시 임금이 성에게 주객낭중의 벼슬을 내리고 또 얼마 안 되어 국자좨주로 옮겨 예의사를 겸하게 하였다.

이후로부터 모든 조회의 잔치나 종묘의 제사·천식(薦食)·진작(進酌)의 예에 임금이 맛있다고 칭찬하지 않는 때가 없었다. 이에 임금이 그의 그릇이 믿음직하다 해서 승정원 재상에 있게 하고 융숭하게 대접하였다. 성이 입궐할 때도 교자를 명령하여 궁전에 오르도록 하면서, 국선생이라 부르고 이름은 부르지 않았다. 혹 임금이 마음에 불쾌한 일이 있을 때라도 성이 들어와 뵙기만 하면 임금이 이내 마음이 풀어져 크게 웃었다.

성이 임금으로부터 사랑받는 것은 이와 같았다. 원래 성은 성질이 구수하고도 아량이 있었다. 따라서 날이 갈수록 사람들과 친근해졌다. 이로써 성이 자연히 임금의 사랑을 받아 임금을 따라다니면서 잔치 자리에서까지 절제 없이 함께 놀았다.

이러한 성에게는 아들이 셋 있었다. 혹(독한 술)과 폭(진한 술)과 역(쓴 술)이 곧 그들이다. 이들은 그 아비가 임금의 사랑을 받는 것을 지나치게 믿고 방자하게 굴었다. 중서령 모영(붓)이 임금에게 글을 올려 이를 탄핵하였다.

"행신(倖臣)이 폐하의 사랑을 독차지하고 있는 것을 세상 사람들이 모두 병통으로 여기고 있사옵니다. 이제 국성이 조그만 신임을 받아 요행히 벼슬 계급이 올라 삼품에 이르자[2] 많은 도

---

2) 여기에서는 술 중에서 삼품 벼슬에 올랐다는 뜻으로 쓴 것임.

둑을 궁중에 끌어들이고, 사람들을 휘감아서 해치기를 일삼고 있사옵니다. 그런 까닭으로 모든 사람들이 분하게 여겨 소리치고 반대하며, 머리를 앓고 가슴을 아파하옵니다. 이것이야말로 나라의 병통을 바로잡는 충신이 아니요, 실로 만백성에게 해독을 끼치는 도둑이옵니다. 그리고 성의 자식 셋은 제 아비가 폐하께 총애받는 것을 지나치게 믿고, 제 마음대로 세상을 횡행하고 방자하게 굴어서 모든 사람들이 다 괴로워하는 바가 되었사옵니다. 바라옵건대 폐하께서는 이들에게 모두 사형을 내리시와 모든 사람들의 입을 막게 하옵소서."

이러한 상소가 올라가자 아들 혹 등 세 형제는 즉시 독을 마시고 자살하고 말았다. 또한 성은 죄를 받아 서인이 되었다. 한편 치이자[1]도 성과 친하게 지냈다고 해서 수레에서 몸을 떨어뜨려 자살하고 말았다. 처음에 치이자는 우스갯소리를 곧잘 해서 임금의 사랑을 받았다. 그러자 국성과 만난 뒤로 서로 친하게 되어, 임금이 출입할 때면 항상 같이 수레에 실려 다니곤 하였다.

어느 날 치이자가 몸이 곤해 누워 있자 성이 희롱하여 말하였다.

"경은 배는 비록 크지만 속이 텅 비었으니 그 속에 무엇이 있는가?"

치이자가 대답하였다.

"족히 경들 수백 명은 받아들일 수 있지."

이들이 이렇게 항상 우스갯소리를 하며 친하게 지냈으나 성이 벼슬을 그만두자 제(배꼽) 마을과 격(가슴) 마을 사이에 도

---

1) 말가죽으로 만든 주머니. 술을 넣는 데 씀. 모양이 올빼미 배처럼 생긴 데서 나온 말.

둑들이 떼를 지어 함부로 일어났다.

이에 임금이 이 고을의 도적들을 토벌하고자 하였으나 적임자가 쉽게 나타나지 않았다. 임금이 하는 수 없이 성을 다시 기용하여 원수로 삼아 도적들을 토벌하도록 하였다. 성은 부하 군사들을 몹시 엄하게 통솔하였을 뿐만 아니라 모든 군사들과 고생도 같이 하였다.

수성(愁城)²⁾에 물을 대어 한번 싸워 이를 함락시키고 거기에다 장락판(長樂坂)³⁾을 쌓은 다음 회군하여 돌아왔다. 임금이 그 공로로써 성을 봉하여 상동후에 삼았다. 그런 지 2년 만에 성이 상소하여 벼슬에서 물러나기를 청하며 아뢰었다.

"신은 본래 가난한 집안의 자식으로 태어나 어렸을 적에는 몸이 빈천하여 이곳저곳으로 남에게 팔려 다니는 신세였습니다. 그러다간 우연히 폐하를 뵙게 되자 폐하께서는 마음을 터놓으시고 신을 받아들이시와, 할 수 없는 몸을 건져 주시기를 강호의 모든 사람들을 용납하는 것같이 해주시었사옵니다. 그러나 신은 일을 크게 하시는 데 더함이 없었고, 국가의 체면을 조금도 빛나게 하지 못하였사옵니다. 전번에 제 몸을 삼가지 못한 탓으로 물러나 시골에 편안히 있었습니다. 비록 엷은 이슬이 거의 다 말랐사오나, 그래도 요행히 남은 이슬 방울이 있습니다. 감히 해와 달이 밝은 것을 기뻐하면서 다시금 찌꺼기의 덮은 것으로 열어젖힐 수가 있나이다. 또한 물이 그릇에 차면 엎질러진다는 것은 모든 물건의 올바른 이치이옵니다. 이제 신의

---

3) 근심을 말함. 장양호의 시 〈운부인〉에 '退愁城萬里降' 이란 시구가 있음.

4) 장락이란 길이 즐거워한다라는 뜻.

몸이 마르고 소변이 통하지 않는 병이 있어 목숨이 경각에 달려 있사옵니다. 바라옵건대 폐하께옵서는 명령을 내리시와 신으로 하여금 물러가서 편안한 여생을 보내게 해주옵소서."

그러나 임금이 이를 승낙하지 않고 중사(中使)로 하여금 송계 (松桂)·창포 등 약을 가지고 그 집에 가서 병을 돌봐 주게 하였다.

성이 여러 번 글을 올려 이를 사양하였다. 그러자 임금은 할 수 없이 이를 허락하여 마침내 고향에 돌아가 다만 그의 아우 현(탁주)만이 늙도록 살다가 수를 누리고 죽었다. 벼슬이 2천 석에 이르렀다. 아들이 넷 있는데, 곧 익(색주)·두(중량주)·앙 (막걸리)·남(과주)이 그들이다.

이들이 도화즙을 마셔 신선이 되기를 배웠다. 또 성의 조카들에 주·만·염이 있었다. 이들은 모두 적(籍)을 평씨(萍氏)에게로 무난히 소속시켜 주었다.

사신(史臣)은 이렇게 말한다.

"국씨는 원래 대대로 내려오면서 농가 태생이다. 성은 유독 넉넉한 덕과 맑은 재주로써 임금의 마음을 깨우쳐 주고, 국정을 보살펴 임금의 마음을 편안히 모셔 큰 공을 이루었으니 장한 일이다. 그러나 임금의 사랑이 극도에 달한 데 미쳐 나라의 기강이 크게 어지러웠다. 그리하여 그의 아들들에게까지 화가 미치게 되었다. 그러나 실상 이런 일은 그에게는 그다지 유감이 될 것이 없다. 그는 늙어서 족한 것을 알고 자기 스스로 물러나서 마침내 천수로 세상을 마치기에 이르렀다. 《주역(周易)》에, '기미를 봐서 일을 한다'라는 말이 있는데, 성이야말로 거의 여기에 가깝다고 하겠다."

작품 해설

　국성의 자는 중지로 주천에 살았다. 국성의 할아버지의 이름은 모, 그의 아들인 차는 곡씨의 딸과 혼인하여 국성을 낳았다.

　국성은 어려서부터 깊은 국량을 지녔다. 하루는 손님이 그의 아버지를 찾아왔다가 그를 눈여겨보고 이 아이의 심기가 만경의 물과 같아서 맑게 해도 더 맑지 않고, 뒤흔들어도 흐려지지 않는다고 했다.

　자라서는 유령, 도잠과 더불어 친구가 된 그는 벼슬이 올라가는 한편 임금의 총애를 한몸에 받자 사람들은 그를 국선생이라고 불렀다. 그는 임금과 날로 친근하여 거슬림이 없었고, 잔치에도 함부로 놀았다. 하지만 그의 아들 삼형제인 혹, 포, 역이 아버지의 힘만 믿고 방자하게 굴어 사람들로부터 비난받았다. 이것이 화근이 되어 모영의 탄핵을 받아 세 아들은 모두 자결하고, 국성은 벼슬을 잃은 채 서민으로 떨어졌다. 하지만 국성은 다시 기용되어 난리를 평정하는 공을 세운 뒤 스스로 분수를 알아 벼슬에서 물러나 고향에 돌아가 죽었다.

이와 내용을 담은 〈국선생전〉은 고려의 문신인 이규보의 시문집 《동국이상국집》에 실려 있다. 〈국순전〉의 영향을 받아 만들어진 것으로 여겨지지만, 술을 긍정적으로 평가한 점, 위국충절을 주제로 내세운 점은 〈국순전〉과는 사뭇 다르다. 〈국선생전〉이 술을 예찬하는 태도를 보이며, 위국충절의 대표적 인물로 부각시켰다면, 〈국순전〉은 아부하는 정객이나 방탕한 군주를 술을 통해 풍자하고 있다. 이것은 이 작품에 대한 지은이 자신의 사평(史評)을 봐도 잘 알 수 있다.

"국씨는 본래 한미한 농가의 소생으로 기신하여 국사에 기여했으며, 제왕의 마음을 윤택하게 하여 태평성대를 이루는 데 공이 컸으나, 과분한 은총을 입고 나라의 기강을 어지럽혀 그 화가 자손에게까지 미쳤다. 그러나 그는 아무런 원한도 없이 물러나 자성했고, 만년에는 분수를 지킬 줄 알았으며 천수를 누려 세상을 마쳤다."

지은이는 이 작품을 통해 술과 인간과의 관계에서 빚어지는 문제를 군신 사이의 관계로 옮겨 놓았다. 특히, 주인공인 국성이 신하로 등장하는데, 이것은 신하는 반드시 군왕을 보필하여 치국을 실현해야 한다는 것을 나타내고 있다. 이를 통해 볼 때 이 작품은 처세의 생활 철학을 제시한 지은이 자신의 자서전적 작품이라고 여겨진다.

　지은이인 이규보는 고려 시대의 문인으로, 자는 춘경, 호는 백운거사·지헌이다. 1168년 호부시랑을 지낸 이윤수의 아들로 태어난 그는 9세 때인 1176년에 중국 고전을 읽는 등 문재가 뛰어났다. 1189년 사마시에 수석으로 합격하고, 1190년 예부시에 동진사로 급제하지만 관직에 나가지 못하다가 32세 때 최충헌이 베푼 시회에서 최충헌을 칭송하는 시를 읊어 전주목에 부임했다.

　하지만 관직에 오른 지 1년 4개월 만에 면직된 뒤 1202년 경주 일대에 반란이 일어나자 수제원으로 자원 종군했고, 이어 1215년에 종8품에 올랐다. 이것도 잠시, 1217년에 부하의 무고

로 좌천되기도 했다. 1220년부터 중앙의 요직을 두루 맡기도
한 그는 1230년에는 8개월 동안 위도에 유배되었지만 같은해 9
월부터 산관으로 복직했다.

1233년에 집현전 대학사 등 고위직에 복직된 뒤 문관으로서
는 최고의 영예에 올랐고, 1241년에 사망했다.

저서로는 《동국이상국집》, 《백운소설》 등이 있다.

저생전

생(生)의 성은 저(楮)[1]이니 이름은 백(白)[2]이요, 자는 무점(無玷)[3]이다.

　그는 원래 회계[4] 사람이다. 한나라 중상시 상방령 채륜[5]의 후손이다. 그는 태어날 때 난초 탕(湯)에 목욕하고, 흰 구슬을 희롱하며 흰 띠[茅]로 꾸렸기 때문에 그 모양이 희고 깨끗하다. 그는 같은 어머니에게서 낳은 아우가 모두 19명[6]이나 된다. 이들은 저생과 동복들이다. 서로 화목하고 사이가 좋아서 잠시도 서로 떨어지거나 차서를 잃어버리는 법이 없었다. 이들은 원래 성격이 정결하고 무인을 좋아하지 않았다. 그래서 언제나 문인

---

1) 닥을 말하는 것으로, 종이의 원료. 저생은 종이의 전기.
2) 희다는 뜻.
3) 티 하나 없이 깨끗하다는 뜻임.
4) 중국 절강성 소흥 남동에 있음.
5) 처음으로 종이를 만든 사람. 후한 때의 일임.
6) 종이 한 권이 20장으로 되어 있기 때문에 한 말.

들과 사귀면서 같이 노닐었다. 그중에서도 중산 모학사(毛學士. 곧 붓을 가리킨다)가 가장 가까운 친구이다. 둘은 언제나 친하게 놀아서 혹시 모학사가 저생의 얼굴에 먹칠을 해서 더럽히더라도 씻는 법 없이 그대로 있었다.

학문으로 말하자면 그는 천지·음양의 이치를 통하고, 성현과 명수(命數)에 대한 근원에 이르기까지 모르는 것이 없었다. 심지어 제자백가의 글과 이단 불교에 이르기까지 모두 써서 기억하지 않는 것이 없었다.

한나라에서 선비를 뽑는 데는 책(策)을 지어 재주를 시험하였다. 이때 저생은 방정과에 응시하여 임금께 말하였다.

"옛날이나 지금이 글은 대개 대 조각을 엮은 것에다 쓰기도 하고, 또는 흰 비단에다 쓰기도 하였습니다. 그러나 이것은 불편하기 짝이 없습니다. 신이 비록 두텁지는 못하오나 진심으로 대 조각이나 비단에 대신하려 하옵니다. 그러니 저를 한번 써 보시다가 만일 효력이 없거든 신의 몸에 먹칠을 하옵소서."

이 말을 듣고 화제(和帝)는 사람을 시켜서 한번 시험해 보라고 하였다.

시험해 본 결과 과연 그의 말대로 편리하여 대 조각이나 비단을 쓸 필요가 없었다. 이에 화제는 저생을 포상하여 저국공 백주 자사[1]의 벼슬에 올려 썼다. 그리고 만자군(萬字軍)[2]을 통솔하게 하고 봉읍으로 그의 씨(氏)를 삼았다.

이것을 보고 나무 껍질·삼[麻]머리·고기 그물·×뿌리 등 네 사람이 자기들도 써 주기를 청하였다. 하지만 이들은 말과는

---

1) 저(楮)가 종이이므로 한 말이고, 종이가 희기 때문에 백주(白州)라고 한 것임.
2) 종이 위에 글씨가 만 자나 있기 때문에 한 말.

달리 완전한 것이 못 되었다. 이들이 마침내 오래 사는 술법을 배워, 비나 바람이 그들 몸에 침입하지 못하고 좀도 먹어 들어가지 못하게 되었다. 항상 7일이면 양정(陽精)을 빨아들이고 먼지를 털며, 입을 옷을 볕에 쬐면서 조용히 거처하고 있었다.

그 뒤에 진나라 좌태충이 성도부(城都賦)를 지은 일이 있었다. 저생은 이 글을 한 번 보더니 이내 외웠다. 사람들이 그가 외우는 대로 다투어 베껴서 썼다. 이로부터 평소에 그를 알던 사람들도 자주 그를 만나 볼 수가 없게 되었다.

후에 와서는 왕우군[3]의 필적을 본받아서 해자로 쓴 글씨가 천하에서 제일 묘하였다. 그는 양나라 태자 통(統)을 섬겨 함께 《고문선(古文選)》을 편찬하여 세상에 전하기도 하였다. 하지만 그가 임금님의 명령을 받고 위수[4]와 함께 《국사(國史)》를 편찬하기도 하였지만 위수가 칭찬하고 깍아내리는 것을 공정하게 하지 못한 때문에 후세 사람들은 예사(穢史)라고 한다.

이에 저생은 자진하여 사직하고, 소작[5]과 함께 장부나 상고하겠다고 청하였다. 임금이 이를 허락하자 지출하는 것은 붉은 글씨로 쓰고, 수입되는 것은 먹으로 써서 분명하게 장부를 꾸미니 이것을 보고 세상 사람들이 그의 재능을 칭찬하였다.

그런 뒤로 저생은 진(陣)의 후주에게 사랑을 받게 되었다. 그의 행신(倖臣) 안학사의 무리들과 함께 항상 임춘각에서 시를

---

3) 왕희지를 가리킴. 벼슬이 우군장군에 이르렀으므로 이렇게 일컬음. 그는 동진의 명필로 특히 해자를 잘 썼음.
4) 남북조 때의 학자. 칙명으로 《위서》를 지었으나 취사를 잘못했다고 해서 예사라는 비난을 받았다.
5) 북주 때 무공 사람. 군서(群書)를 두루 보고 특히 산술에 능해 벼슬이 탁지상서에 이르러 개국의 대업을 도왔음.

지었다.

이때 수나라 군사가 경구(京口)를 지나자 진나라 장수가 이를 비밀리에 임금에게 급히 알렸다. 그러나 저생은 이를 숨기고 봉한 것을 열어 보이지 않았다. 이 때문에 진나라는 수나라에게 패하고 말았다.

대업(大業) 연간의 일이다. 저생은 왕주·설도형[1]과 함께 양제를 섬겨, 그들과 같이 정초(庭草)·연니(燕泥)의 글귀를 읊었다. 그러나 양제는 딴 사람이 자기보다 나은 것을 하고자 하지 않는 성격임을 간하다가 결국 쫓겨나 돌보지 않게 되었다.

저생이 드디어 소박을 당하는 몸이 되어 뚤뚤 말려 품속에 숨겨져 대궐에서 나오고 말았다. 당나라 때가 되어 홍문관의 기구를 설치하게 되었다. 이에 저생이 본관으로서 학사를 겸해서 저수량·구양순[2] 들과 함께 옛날 역사를 강론하고, 정사를 상고하여 처리해 나갔다. 이리하여 세상에서 말하는 정관(貞觀)의 치적을 이룩할 수 있었다.

송나라가 일어나자 정주학(程朱學)[3]의 모든 선비들과 함께 문명의 치적을 이룩하기도 하였다. 사마온공이 《자치통감(自治通鑑)》[4]을 편찬할 때 그는 저생을 박식하고 능통하다고 생각되어 늘 옆에 두고 물어 가며 썼다.

그때는 마침 왕안석이 권세를 부릴 때라, 그는 특히 《춘추(春

---

1) 두 사람은 모두 수나라 때의 문장가로서, 바른말을 하다가 자진해서 죽음.
2) 당나라의 서가(書家). 자는 신본. 왕희지에게 글씨를 배워서 해서의 모범이 되었음.
3) 중국 송나라 때의 정호·정이 및 주희 계통의 유학.
4) 치도(治道)에 자(資)하고 역대 위정자의 감(鑑)이 된다는 뜻. 주나라 위열왕으로부터 후주 세종에 이르기까지의 113왕 1362년 동안의 사실(史實)을 기술한 것으로, 후세 편년사의 전형이 됨.

秋)》의 학문을 좋아하지 않았다. 왕안석은 《춘추》를 가리켜 다 찢어진 신문이라고 평하였다. 그러나 저생은 이를 옳지 못하고 하다가 마침내 배척당해 쓰이지 못하였다.

원나라 초년이 되었다. 저생은 본업에 그다지 힘씀이 없이 다만 장사만을 좋아하였다. 몸에 돈 꿰미5)를 두르고 찻집이나 술집을 드나들면서 한 푼, 한 리의 이익만을 도모하니, 세상 사람들이 혹 이를 비루하게 여겼다. 원나라가 망하자 저생은 다시 명나라에 벼슬을 해서 비로소 사랑받게 되었다. 이로부터 자손이 번성하여 혹은 대대로 역사를 맡아 쓰는 사씨(史氏)가 되기도 하고, 혹은 시가(詩家)의 일가를 이루기도 하였다. 혹은 선록(禪錄)을 초봉(草封)하기도 하였다. 발탁되어 관직에 있는 자는 돈과 곡식의 수효를 알게 되었고 군무(軍務)에 종사하는 자는 군대의 공로를 기록하였다. 그들이 맡은 직업에는 비록 귀천이 있기는 하지만 모두 성실하지 못하다고 해서 비난받지는 않았다.

대부가 된 뒤로부터 그들은 거의 다 흰 띠를 띠기 시작하였다.

태사공이 말한다.

무왕이 은을 이기고, 아우 숙도를 채 땅에 봉하여 주(紂)의 아들 무경을 도와서 은나라의 유민들을 다스리게 하였다. 무왕이 죽고 성왕이 나이가 어려서 주공이 그를 도왔다.

이때 채숙이 나라 안에 유언(流言)을 퍼뜨리자 주공은 그를 귀양보냈다.

---

5) 남송 말년에 종이로 돈을 만들어 쓰는 법이 생겼기 때문에 한 말.

그 아들 호는 과거의 행동을 고쳐서 덕을 닦았다. 이에 주공이 이를 천거하여 높은 벼슬에 썼다.

성왕이 다시 호를 신채(新蔡)에 봉하였으니 그가 곧 채중(蔡仲)이었다.

그 뒤에 초나라 공왕이 애후(哀侯)를 잡아 가지고 돌아왔다. 그가 식부인(息夫人)을 공경하지 않은 때문이었다. 이에 채 땅 사람들이 그의 아들 힐을 세웠다. 그가 바로 무후이다. 그런데 이번에는 제의 환공이 그가 채 땅의 여인과 헤어지지 않은 채 다시 다른 곳에 장가갔다 해서 무후를 사로잡아 돌아왔다.

무후가 죽자 그 아들 갑오가 섰다. 그러나 초의 영왕이 영후의 아비의 원수를 갚으려고 군사를 매복시켜 놓고 술을 먹인 다음 그를 죽이고 채 땅을 포위하여 멸한 다음에 경후의 소자인 여(廬)를 구하여 싸웠다. 이가 바로 평후이다.

이들이 그로부터 하채(下蔡)로 옮겨서 살았다. 그 후에 초의 혜왕이 다시 채 땅의 제후들을 멸해서 그 뒤로는 마침내 쇠미하게 되었다. 슬프도다, 왕자의 후손들이 그 조상들이 대대로 쌓아 올려 놓은 두터운 덕을 힘입어 나라를 차지하고 있었다. 그러나 그들이 융성해지고 쇠약해지는 것은 모두 운명과 교화에 관계되는 것이다.

채는 본래 주와 동성이었다. 지금까지 강대국에게 침범을 당하였으나 끝내 그 자손이 없어지지 않고 있다가 한의 말년에 이르러서야 드디어 봉읍을 받고 그 성을 바꾸게 되었다. 그리하여 나라가 변해서 사사로운 집으로 떨어지고, 집이 커져서 그 자손이 천하에 가득하게 되는 것을, 나는 채씨의 후손에게서 볼 수 있을 따름이다.

작품 해설

〈저생전〉은 고려 말과 조선 초기의 가전체 소설의 대표적인 작품으로, 문신인 이첨이 종이를 의인화해서 지은 작품이다. 임금을 가까이 모시는 신하와 정치인의 직간을 주제로 한 것으로, 위정자들에게 올바른 정치를 권유하는 교훈을 담고 있다.

이 작품에 의인화된 저생의 삶은 지은이인 이첨의 생애와 유사한 점이 많다. 지은이는 고려 말에서 조선 초기에 이르기까지 아홉 명에 이르는 임금을 섬겼고, 그 동안 화려한 벼슬살이를 하기도 했다. 하지만 강직한 성품 때문인지 임금에게 여러 번 직언을 하다가 귀양살이도 했다. 이것을 볼 때 이 작품은 지은이가 자신의 이야기를 저생의 일생에 교묘하게 빗대어 이야기하고 있는 것으로 여겨진다.

저생의 성은 저, 이름은 백, 사는 곳은 회계로, 종이를 처음으로 만든 한나라 채륜의 후예이다. 그는 천성이 정결하여 무인보다 문인을 좋아하고 모학사와 교분이 두터웠으며, 학문을 하여

천지음양의 이치에 통달했고, 제자백가의 글까지 모두 기록했
다.

저생은 한나라 때 저국공 백주 자사의 벼슬에 임명되었고, 당
나라 때는 홍문관에서 역사를 강론하고 모든 나랏일을 상고하
여 처리했다. 하지만 저생이 왕안석을 비판하여 배척당하고 쓰
이지 못했다.

원나라 초년에 장사만 좋아하던 저생은 원나라가 망하자 다
시 명나라에서 벼슬을 하여 비로소 사랑받았다. 이로부터 자손
이 번성하여 대대로 역사를 맡아 썼다.

이 작품의 지은이인 이첨은 고려 말에서 조선 초의 문관이자
문장가로, 호는 쌍매당이다.

1345년에 태어나, 공민왕 14년인 1365년에 감시에 합격하고,
1368년에 문과에 급제하여 예문검열을 거쳐, 1369년에 우정언,
1375년에 우헌납에 올랐다. 하지만 이인임 등을 탄핵한 죄로

10년 동안 유배 생활을 한 뒤 1388년에 풀려났다.

조선 건국 후 태조 7년인 1398년에 이조전서에 기용된 뒤 1400년 정종 2년에는 첨서삼군부사가 되어 명나라에 다녀오기도 했다. 태종 2년인 1402년에 예문관 대제학을 지내고 정헌대부가 되어 하륜 등과 《삼국사략》을 찬수하는 데 힘을 기울였다.

문장과 글씨에 뛰어난 그는 〈저생전〉과 《쌍매당집》 등을 남겼다.

정시자전

입동날, 아직 날이 밝지도 않은 이른 새벽이다.

식영암이 암자 안에서 벽에 기대앉은 채 졸고 있었다. 이때 밖에서 누군가가 뜰에 대고 절을 하면서 묻는 소리가 들려왔다.

"새로 온 정시자[1]가 와서 문안 여쭙니다."

식영암은 잠에서 깨어 이상하게 생각하고 밖을 내다보았다. 거기에는 한 사람이 서 있는데, 몸이 호리호리하고 키가 퍽 커 보였다. 얼굴은 검고 빛이 났다.

붉은 다리는 우뚝하여 마치 싸우는 소의 뿔과도 같다. 그리고 새까만 눈망울은 툭 튀어나와서 마치 부릅뜬 눈과도 같다.

그 사람이 심하게 뒤뚱거리면서 걸어 들어오더니 그의 앞에 우뚝 섰다. 식영암이 처음에는 놀랐으나 조금 후에 그를 불러 천천히 말하였다.

---

1) 지팡이를 말함.

"여보게 앞으로 가까이 오게. 우선 자네에게 물어 볼 말이 있네. 자네는 왜 이름을 정(丁)이라 하였는가? 또 어디서 왔으며 무엇하러 왔는가? 더구나 나는 평소에 자네 얼굴도 모르는 터인데, 자네가 시자(時者)라고 하니 그건 또 어째서인가? 대답해 보게."

식영암의 말이 채 끝나기도 전에 정시자는 기뻐하여 앞으로 바싹 다가오더니, 공손한 태도로 차분하게 대답하였다.

"옛날 성인이 있었으니 소의 머리를 가지고 있던 분이 포희씨[1]로 그분이 바로 저희 아버님이지요. 또 뱀의 몸을 하고 있었던 여화[2]는 저희 어머님이시고요. 어머님은 저를 낳아서 숲속에 버리고 기르지 않았습니다. 저는 서리와 우박을 맞을 때는 거의 얼고 말라서 죽게 되었습니다. 그러나 따스한 바람과 비를 만나면 다시 소생되어 자라나곤 하였습니다. 이렇게 추위와 더위를 수천 번이나 겪고 난 뒤에야 비로소 자라나서 인재가 될 수 있게 되었습니다. 여러 대를 지나서 진(晉)나라 세상에 이르러서야 저는 범씨의 가신(家臣)이 되었습니다. 이때에 비로소 몸에 옻칠[3]을 하는 기술을 배웠습니다. 다시 당나라 시대에 와서는 조로[4]의 문인이 되었습니다. 그리고 여기 와서 철취라는 호를 받았습니다. 그 뒤로는 저는 정도 땅에서 살았습니다. 이때 저는 정삼랑을 길에서 만난 일이 있었지요. 그는 한참 동안

---

1) 복희씨. 상고 시대 전설의 제왕. 삼황 중의 한 사람.
2) 복희씨의 동모매(同母妹).
3) 전국 시대 진나라 지씨의 신하인 예양이 자기 주인이 남에게 망하는 것을 보고, 그 원수를 갚으려고 몸에 옻칠하여 문둥이 행세를 한 고사를 말함. 원문 중의 범씨는 지씨의 잘못인 듯함.
4) 당나라 때 말을 잘하던 조주를 말함. 그를 철취라고 불렀음.

이나 저를 보더니 이렇게 말하였습니다. '내가 자네 생김새를
보니 위로는 가로 그어졌고, 아래로는 내리 그어졌으니, 내 성
정(丁) 자와 꼭같이 생겼네. 내 성을 자네에게 주겠네' 라고 하
였습니다. 제 직책은 항상 사람을 붙들어 도와 주는 데 있습니
다. 그러니 모든 사람들이 자연히 저를 부려먹기만 해서 제 몸
은 항상 천하고 고달프기만 합니다. 그러나 저는 제가 좋은 사
람이라고 생각하지 않는 사람이라면 결코 저를 부리지 못합니
다. 때문에 제가 진심으로 붙들어 모시는 분은 몇이 되지 않습
니다. 이렇게 되고 보니 제가 원하는 사람을 만나지 못하여 이
제는 돌아가서 의지할 곳이 없게 되었습니다. 나라안을 두루 돌
아다니면서 토우인(土偶人)[5]에게 웃음을 당한 지가 이제는 오
래 되었습니다. 하온데 어제 하느님께서 제 기구한 운명을 불쌍
히 여기셨던지 제게 이렇게 명하여 말하는 것이었습니다. '너
를 명하여 화산(火山)의 시자(侍者)로 삼을 것이니, 이제 그곳
에 가서 직책을 받들고 스승으로 섬기되 오직 삼가여라' 라고
말입니다. 이에 저는 그 말을 듣고 너무 기뻐서 이렇게 외다리
로 뛰어서 온 것입니다. 바라옵건대 어른께서는 제 몸을 용납해
주시옵소서."
　이 말을 들은 식영암은,
　"아! 후덕스러운 일이로다. 정상좌(丁上座)는 옛 성인이 남겨
준 몸이라 몸에 뿔이 부러지지 않은 것은 씩씩함을 말함이요,

---

5) 흙으로 만든 인형. 전국 시대 소씨의 말에 나옴. 어느 날 목우(木偶)가 토우(土偶)에게
　말하기를, '너는 비만 오면 풀어져서 없어질 것이다' 라고 하자 이에 토우가 대답하기를,
　'나는 본래 흙으로 만들어진 것이라서 풀어져야 내 고향인 흙으로 돌아가지만, 너는 비
　가 많이 오면 물에 떠서 어디로 갈는지 모른다' 고 했음.

눈이 없어지지 않은 것은 용맹스러움 탓이며 몸에 옻칠을 하고 은혜와 원수를 갚을 것을 생각함은 믿음과 신의가 있기 때문이로다. 쇠로 된 입부리를 가지고 재치있게 묻기도 하고 대답하기도 하는 것은 지혜가 있고 변론을 잘 하는 때문이로다. 직책이 사람을 붙들어 모시는 것은 어질고 예의가 있는 것이며, 돌아가서 의지할 곳을 찾는 것은 바름과 밝음 탓이로다. 이러한 여러 가지 아름다운 덕을 모아서 길이 오래 살고, 조금도 늙거나 죽지도 않으니, 이것은 성인이 아니며 신(神)이로다. 이러하니 너를 내가 어찌 부릴 수가 있단 말인가. 내가 이 여러 가지 아름다운 일 중에서 가진 것은 하나도 없도다. 그러니 네 친구가 된 것도 부당하거든 하물며 어찌 네 스승이 될 수 있겠느냐. 화도(華都)에는 화(花)라는 이름을 가진 산이 있다. 이 산 속에 각암이라는 늙은 화상(和尙)[1]이 이 산에 2년 동안 머물고 있는 중이다. 산은 비록 이름이 같지만 사람은 덕이 같지 않으니, 하늘이 그대에게 명하여 가라고 한 곳은 여기가 아니고 바로 그곳일 것이다. 그러니 그대는 그곳으로 가도록 하라."

말을 마친 식영암은 노래를 부르며 그를 보냈다. 그 노래는 바로 이러한 것이다.

'정(丁)이여, 어서 빨리 각암이 있는 곳으로 가도록 하라. 나는 여기서 박과 외처럼 매여 사는 몸이니, 그대 정(丁)만 같지 못하다.'

---

1) 문인들이 흔히 쓰는 별칭. 곧 저자 자신을 가리킴.

작품 해설

〈정시자전〉은 고려 때의 승려인 식영암이 지팡이를 의인화하여 지은 작품으로, 《동문선》에 실려 있다.

지은이는 이 작품에서 당시의 사회상과 불교를 배척하는 경향을 비판하고, 중생을 인도하는 사명감을 지닌 승려를 소개하고 있다. 즉 고려 말의 사회적 혼란과 부패한 불교 사회의 단면을 고발하고, 승려와 지도층에 자각과 반성을 촉구하는 의미를 지니고 있다.

아울러 인재를 알아보지 못하고, 임금을 들러싼 신하들은 오히려 인재를 외면하고 득세하는 한심한 세상을 풍자하고 있다. 정시자야말로 신하된 모든 능력과 품행을 갖추었지만 때를 잘못 만나 떠돌아다니면서 의지할 곳을 찾지 못했다. 이처럼 지은이는 제대로 된 인재가 등용하지 못하는 관료 사회의 비리를 비웃고 있다.

한편, 이 작품은 다른 가전체 소설과는 달리 주인공의 일대기를 쓴 것이 아니라, 어느 날 하루에 일어난 상황을 그리고 있기 때문에 가전체 소설들 중에서도 특이한 위치를 차지하고 있다.

식영암이 입동 날 새벽에 졸고 있는데 정시자가 찾아왔다. 이에 식영암은 정시자와 대면해 앉아 정시자가 오게 된 사연을 들었다.

정시자는 포희씨와 여와가 자기 부모로, 자신을 수풀 사이에 낳아 둔 채 돌보지 않았으나 풍우의 은혜로 자라나 진나라 때에는 범씨의 가신이 되어 몸에 옻칠을 하는 방법을 배웠다. 당나라 때는 말을 잘하는 조로의 문인이 되었으며, 그 뒤 정도 땅에서 정삼랑을 만나 생김새가 정(丁) 자와 같다며 정씨 성을 받았다.

정시자는 자신의 직책은 항상 사람을 붙들어 도와 주는 것인데, 지금은 자신이 원하는 사람을 만나지 못해 의지할 곳이 없다고 했다. 이에 어느 날 토우인(土偶人)에게 비웃음을 당한 뒤 하느님이 화산으로 가 스승을 만나라고 하여 여기까지 오게 되었다.

이 말을 한 뒤 정시자는 식영암을 스승으로 삼고자 한다고 청했다. 이 말을 들은 식영암은 정시자에게 후덕한 정상좌라고 칭찬하고, 여러 가지 아름다운 덕을 베풀어 오래 살고 늙지도 않을 성인이라고 전했다. 하지만 식영암은 정시자의 사람됨을 기리고 자신은 도저히 스승이 될 수 없다고 하여 그로 하여금 덕있는 강암 노화상을 찾아가라고 했다.

이 작품을 지은 식영암에 대해서는 알려진 것이 없다. 고려최씨 집권 시대 사람이자 승려로, 시문(詩文)에 조예가 깊었으며 사대부들과도 교류가 많았다고 할 뿐이다.

죽부인전

옛날에 한 부인이 있었으니 성은 죽(竹)씨요, 이름은 빙(憑)이다. 바로 위빈[1] 사람 운[2]의 딸이다. 그 혈통은 창랑씨[3]에서 시작한다. 그 조상은 음률을 잘 하였기에 황제가 그를 천거하여 음악에 대한 모든 일을 맡아보게 하였다. 우나라 때 소(簫)[4]는 그의 후손이다.

처음에는 찰랑이 곤륜산[5] 남쪽에부터 동쪽으로 옮겨 와서, 복

---

1) 위수가. 위수는 감숙성 위원현에서 발원해서 섬서성을 거쳐 황해로 들어가는 물. 이 위수 강에서 태공망 여상이 낚시질하다가 문왕에게 발탁되었음.

2) 왕대. 대나무의 일종으로 물가에서 나는데, 키가 수십 자, 둘레가 1, 2자가 됨. 대나무 중에서 가장 큰 것임. 왕대를 운당이라고도 함.

3) 랑은 어린 대. 창랑이란 난 지 얼마 안 되는 작은 대나무.

4) 퉁소. 죽관을 나란히 묶어서 만든 취주 악기의 하나. 큰 것은 24관, 작은 것은 16관으로 되어 있음.

5) 중국 전설 속에 나오는 산. 처음에는 하늘에 이르는 높은 산, 또는 아름다운 옥이 나는 산으로 알려졌으나 전국 말기부터는 서왕모가 살며 불사(不死)의 물이 흐르는 신선경이라고 믿어졌음.

희씨 때에 위씨[1]와 함께 문적에 관한 일을 맡아보아 큰 공을 세웠다. 그리하여 자손 대대로 모두 사관(史官)의 자리를 맡게 되었다.

진(秦)나라가 포악한 정사를 하여 이사[2]의 계획을 그대로 받아들여서는 많은 서적들을 불태우고 선비들을 마구 죽였다. 이리하여 자연 창랑의 자손들은 한미해지게 되었다.

한나라 때에 이르러서는 채륜[3]의 문객인 저생[4]이 글을 배운 후 가끔 붓을 가지고서는 죽씨와 함께 놀았다. 하지만 그 위인이 경박해서 남을 헐뜯기를 좋아하여 죽씨의 그 강직한 모습을 보고는 슬며시 좀이 먹고 헐어져서 죽씨의 책임을 자기가 빼앗아 버렸다.

주나라 때에는 간(竿)[5]이 있었다. 그도 역시 죽씨의 후손이다. 그는 태공망[6]과 함께 위빈에서 낚시질하였다. 어느 날 태공은 낚시에 쓸 갈고리를 만들었다. 이것을 본 간이 태공에게 말하였다.

"내가 들으니 큰 낚시는 갈고리가 없다고 합니다. 낚시의 크고 작은 것은 굽고 곧은 데 있습니다. 곧은 낚시는 가히 나라를 낚을 것이요, 굽은 것은 겨우 물고기를 낚는 데 지나지 못할 것

---

1) 여기에서는 책을 맨 가죽끈을 말함.
2) 진(秦)의 시황제를 도와 천하를 통일하고 군현제를 실시한 사람. 그는 분서갱유의 무서운 계획을 진시황에게 말해 이를 실시하기도 했음.
3) 후한 때 사람으로 자는 경중. 처음으로 종이를 만들었다고 함. 그가 만든 종이를 채후지라고 부름.
4) 종이의 별칭. 저선생이라고도 함. 저(楮)는 닥나무. 이 나무는 뽕나무과에 속하는 낙엽관목. 그 껍질이 종이의 원료가 됨.
5) 장대 또는 낚싯대. 여기에서 말하는 것은 낚싯대임.
6) 주나라 초의 여상. 위빈에서 낚시질을 하다가 문왕에게 발탁됨.

입니다."

태공은 간의 말을 옳게 여기고 그 말대로 좇기로 하였다. 뒤에 과연 태공은 문왕의 스승이 되어 마침내는 제나라에 봉해지기까지 하였다. 이에 태공은 간이 어질다고 임금에게 천거하여 위빈을 식읍으로 삼게 하였다.

이것이 바로 죽씨와 위빈이 관계를 맺게 된 유래이다. 지금도 죽씨의 자손은 수없이 많이 퍼져 있다. 이를테면 임·어·군·정이 곧 그들이다. 그 자손 중에서 양주로 옮겨 간 자들이 있다. 이들은 조·탕이라고 한다. 또 오랑캐 땅으로 들어간 자는 봉(蓬)이라 한다.

죽씨에는 대개 문(文)과 무(武)의 두 줄기가 있다. 대대로 변(籩)·궤·생(笙)·우(竽)처럼 대체로 예악(禮樂)에 소용되는 것이 있는가 하면, 또는 활을 쏘고 물고기를 잡는 데 쓰는 작은 도구에 이르기까지 모두 전적(典籍)에 실려 있어 대의 마디마디를 볼 수가 있다. 그중에서 오직 감만은 성질이 몹시 둔하였다. 운의 대에 이르러서 숨어 살면서 벼슬하기를 즐겨하지 않았다. 그에게는 이름이 당7)이라는 한 아우가 있었다.

그는 형과 함께 이름을 가지런히 하여 가운데를 비우고 곧게 자라났다. 특히 그는 왕자유와 친하게 지냈다. 어느 날 자유가 말하였다.

"하루도 자네〔차군〕 없이는 살 수가 없군."

이로부터 그의 호를 차군이라고 부르기 시작하였다. 대체로 자유는 단정한 사람으로서, 벗을 사귀는 데도 반드시 단정한 사

---

7) 운과 함께 왕대.

람만을 골라서 취하였다. 이것 하나만 보아도 그의 사람됨을 알 만하였다. 당은 익모의 딸과 결혼하여 딸 하나를 얻었다. 죽부인이란 바로 그를 말한다.

처녀로 있을 때 그에게는 정숙한 자태가 있었다. 그 이웃에 의남이란 자가 살고 있었는데, 그가 음란한 노래를 지어 속마음을 떠보았다. 이에 부인은 크게 노하여 말하였다.

"남녀가 비록 유별하지만 절개는 하나밖에 없다. 한번 사람에게 절개를 잃게 되면 어찌 다시 세상에 나설수 있겠는가?"

이 말을 듣자 의남은 부끄러운 마음을 감추지 못해 도망가고 말았다. 그러니 어찌 소나 끄는 사람이 엿볼 수 있으랴. 그가 차츰 자라나자 송대부[1]란 사나이가 청혼해 왔다. 이때 그 부모가 이렇게 말하였다.

"참으로 송공은 군자로다. 그의 평소의 지조와 행동을 보아하니 우리 딸과 인연을 맺어도 될 듯하다."

이리하여 부인을 그의 아내로 보냈다. 이로부터 부인의 성질은 날로 더욱 굳고 두터워져 갔다. 일을 분별하는 데 있어서는 그 민첩함이 마치 칼날로 쪼갠 것 같았다. 그의 이러한 성질은, 비록 매선이 믿음이 있고 이씨가 말이 없다고 하더라도 한 번도 돌아볼 가치가 없는 것이라 할 수 있는데, 하물며 늙은 귤이나 살구 열매 따위에 어찌 비교라도 할 수 있으랴.

혹 안개 낀 아침이나 달 밝은 저녁을 만나서, 바람을 맞으며 시를 읊고, 비 오는 것을 휘파람으로 불 때는 그 깔끔한 모습을 무엇으로 형용할 수 있으랴. 일을 좋아하는 사람들이 슬며시 그

---

1) 소나무를 말함. 뒤의 송공도 이와 같음.

얼굴을 그려 전해 가면서 보배로 삼고 있다. 그중에서도 문여가 와 소자첨이 더욱 그것을 좋아하였다.

송공은 부인보다 18세나 위였다. 그는 때늦게 신선을 배워서 곡성산에 가서 놀다가 돌로 화해 버려 다시는 집으로 돌아오지 못하였다. 이로부터 부인은 홀로 살면서 가끔 《시경(詩經)》의 위풍(衛風)을 노래하였다. 그는 자연히 마음이 흔들려 혼자서 지탱해 나갈 수가 없게 되었다. 그런데 그는 원래 성질이 술 마시기를 좋아하였다.

역사의 기록에 그 연대가 분명하지는 않으나, 어느 해인가 5월 13일에 청분산으로 이사를 하여 살다가 술에 취한 끝에 고갈병에 걸린 후로부터 부인은 항상 남에게 의탁하여 살았다. 그는 만절(晩節)이 더욱 굳었으므로 온 마을에서 모두 그를 칭찬해 마지않았다.

그는 또 삼방절도사 유균[2]의 부인과 성이 같았다.

그의 행실이 마침내 왕에게까지 전해지자 임금은 부인에게 절부(節婦)의 직함을 내렸다.

사씨는 말한다.

"죽씨의 조상은 상고 시대에 크게 공이 있었고, 또 그 자손들은 모두 재주가 있을 뿐 아니라 절개가 굳어서 세상의 칭송을 받아왔다. 그러니 죽부인이야말로 어질다고 할 수밖에 없겠다. 슬프도다, 부인은 이미 군자와 짝지어 살아서 남에게 의지함이 되었건만 아들이 없으니, 천도(天道)는 아는 것이 없다는 말이 역시 헛된 말이 아니다."

---

2) 전죽. 원래 균은 조릿대로, 대나무 중에 가늘고 작아서 화살대를 만들기에 알맞은 것을 말함. 전죽은 화살을 만드는 데 쓰이는 대.

작품 해설

　〈죽부인전〉은 고려 말 이곡이 대나무를 절개 있는 부인에 비유하여 쓴 가전체 소설로, 여성의 정절에 대해 얘기한 교훈적인 글이다.

　이 글은 훌륭한 가정에서 태어난 주인공은 어려서부터 정숙했으며, 지조 높은 군자와 결혼한 뒤에는 더욱 강직하게 생활하다가 남편을 잃은 뒤 절개를 마쳤는데, 나라에서 알고 포상했다는 이야기로 되어 있다.

　당시 고려는 국운이 기울고 남녀 관계가 극히 문란했다. 지은이는 이처럼 퇴폐적인 사회에 경종을 울리기 위해 이 작품을 쓰고, 죽부인을 당시의 이상적인 여인상으로 부각시키려 한 것으로 보인다.

　이러한 내용은 유교 사회에서 이상적인 여성의 모습과 열녀의 표본을 보여 주는 것이라 할 수 있다. 이러한 가전체 소설이 조선 시대에 들어와서 〈춘향전〉과 같은 열녀상을 낳았을 것으로 여겨진다.

그러면 줄거리를 살펴보자.

죽부인의 성은 죽, 이름은 빙, 위비 사람인 운의 딸이다. 그의 선조가 음악에 조예가 깊어 황제가 등용하여 음률을 맡게 하는 등 상당한 우대를 받았다.

죽씨는 대개 문(文)과 무(武) 두 줄기가 있다. 운의 대에 이르러 은둔 생활을 했는데, 그 아우인 당이 익모의 딸과 혼인하여 딸 하나를 낳았으니, 그녀가 바로 죽부인이다.

죽부인이 커서, 이웃에 의남이라는 청년이 음란한 말로 지분거렸으나 죽부인이 꾸짖자 의남이 부끄러워 그 자리를 떠났다. 그녀는 자라서 이웃에 송대부와 결혼했는데, 송공은 부인보다 나이가 18세나 위였다.

송대부가 신선을 배워 곡성산에 가서 놀다가 돌로 화한 채 돌아오지 않자 죽부인은 혼자 살면서 가끔 《시경》의 위풍을 노래했다. 부인은 홀로 살면서 절개를 잃지 않자 모두가 그녀를 칭송해 마지않았다. 이러한 그녀의 행실이 임금에게까지 알려져, 임금은 죽부인에게 절부(節婦)의 직함을 내렸다.

이 작품을 쓴 이곡은 고려 시대의 학자로, 호는 가정이다.

고려 충숙왕 4년인 1317년에 거자과에 합격한 뒤 예문관검열이 된 그는 원나라에 들어가 1332년 원나라에서 주재하는 과거 시험에 우수한 성적을 보여 한림국사원검열관이 되어 원나라 문사들과 교유했다.

그 뒤 원나라의 벼슬인 휘정원관구·정동행중서성 좌우사원외랑 등의 벼슬을 역임한 그는 원제(元帝)에게 건의하여 고려로부터 동녀(童女) 징발을 중지하게끔 하기도 했다. 그 뒤 본국에서 밀직부사·지밀직사사를 거쳐 정당문학·도첨의찬성사가 되고 뒤에 한산군에 봉해졌다. 1350년 원나라로부터 봉의대부 정동행중서성좌우사낭중을 제수받았지만 그 이듬해 죽었다.

한산의 문헌 서원, 영해의 단산 서원 등에 배향되었으며, 저서로는 《가정집》이 전한다.

공방전

공방(孔方)의 자(字)는 관지(貫之)[1]이니, 그 조상이 일찍이
수양산에 숨어 굴혈(掘穴)[2] 속에서 살아, 아직 나와서 세상에
쓰여진 적이 없었다. 처음 황제 때에 조금 채용되었으나, 성질
이 굳세어 세상일에 그리 단련되지 못하였다. 황제가 상공(相
工)[3]을 불러 보이니, 공(工)이 한참 동안 들여다보고 말하기를,

"산야의 성질이 비록 쓸 만하지 못하오나, 만일 폐하가 만물
을 조화하는 풀무와 망치 사이에 놓아 때를 긁고 빛을 갈면 그
자질(資質)[4]이 마땅히 점점 드러나리이다. 왕자(王者)는 사람으
로 하여금 그릇되게 하오니, 원컨대 폐하는 저 완고한 구리와
함께 내버리지 마옵소서."

---

1) 꿴다는 뜻으로, 돈을 꿰미로 만들기 때문에 자(字)를 관지라고 했음.
2) 굴 속.
3) 대장장이를 벼슬아치에 비유한 표현.
4) 타고난 성품과 소질.

하였다. 이로 말미암아 그가 세상에 이름이 나타났다. 뒤에 난리를 피하여 강가의 숯화로 거리로 이사하여 거기서 눌러 살게 되었다.

그의 아버지 천(泉)은 주나라의 대제(大帝)로 나라의 부세(賦稅)[1]를 맡았다. 방(方)의 위인이 밖은 둥글고 안은 모나며, 때에 따라 응변(應辯)[2]을 잘하여, 한나라에 벼슬하여 홍로경이 되었다. 그때에 오왕 비가 교만하고 참월(僭越)[3]하여 권세를 도맡아 부렸는데, 방을 벼슬시켜 부민후를 삼아 그의 무리 염철승(鹽鐵丞)[4] 근(僅)과 함께 조정에 있었는데, 근이 매양 형님이라 하고 이름을 부르지 않았다.

방의 성질이 욕심 많고 더러워 염치가 없었는데, 이제 재물과 씀씀이를 도맡게 되니 분전 이자의 경중(輕重)[5]을 다는 법을 좋아하여, 나라를 편하게 하는 것은 반드시 질그릇·쇠그릇을 만드는 생산의 술(術)에만 있는 것이 아니라 하여, 백성과 더불어 분리(分厘)[6]의 이(利)라도 다투고 물건 값을 낮추어 곡식을 천하게 하고, 화(貨)를 중(重)하게 하여 백성으로 하여금 근본[7]을 버리고 끝[8]을 쫓게 하여 농사에 방해를 끼치므로 간관(諫官)[9]들이 많이 상소하여 논하였으나 위에서 듣지 않았다.

---

1) 세금을 매겨 부과하는 것.
2) 임기응변의 준말.
3) 분수에 넘쳐 외람함.
4) 소금과 쇠를 가리키는 관직명.
5) 가벼움과 무거움. 또는, 그 정도.
6) 돈과 저울과 자 따위의 단위인 분(分)과 이(厘).
7) 여기에서는 농업을 일컬음.
8) 여기에서는 상업을 일컬음.
9) 조선 시대에, 사간원·사헌부의 벼슬아치의 통칭.

　방은 또 재치있게 권귀(權貴)¹⁰⁾를 잘 섬겨 그 문에 드나들며 권세를 부리고, 벼슬을 팔아 올리고 내침이 그 손바닥에 있으므로 공경(公卿)¹¹⁾들이 많이 절개를 굽혀 섬기니, 곡식을 쌓고 뇌물을 거두어 문권(文券)¹²⁾과 증서(證書)가 산 같아 이루 셀 수가 없었다.

　그는 사람을 접하고 인물을 대함에도 어질고 불초(不肖)¹³⁾함을 묻지 않고, 비롯 시정 사람이라도 재물만 많이 가진다면 다 함께 사귀고 통하니, 이른바 시정의 사귐이란 것이다. 때로는 혹 거리의 악소년들과 어울려 바둑두기와 투전하기로 일로 삼아서, 자못 연낙(然諾)¹⁴⁾을 좋아하므로 그때 사람들이 말하기를,

　"공방의 말 한 마디면 무게가 황금 백근만하다."
하였다. 원제가 위(位)에 오르자 공우가 상서하여 아뢰기를,

　"방이 오랫동안 극무(劇務)¹⁵⁾를 맡아 보면서 농사의 근본을 알지 못하고 한갓 장사치의 이(利)만을 일으켜 나라를 좀먹고 백성을 해하여 공사가 다 곤궁하오며, 더구나 회뢰(賄賂)¹⁶⁾가 낭자하고 청알(請謁)¹⁷⁾이 버젓이 행하오니, 대저 '지고 또 타면 도둑이 이르게 된다' 한 것은 대역(大易)¹⁸⁾의 분명한 경계이니,

---

10) 벼슬이 높고 권세가 있는 사람.
11) 삼공(三公), 즉 삼정승과 구경(九卿), 즉 의정부의 좌우 참찬·육조 판서·한성 판윤의 아홉 대신을 이르던 말.
12) 땅·집 등의 소유권이나 그 밖의 어떤 권리를 증명하는 문서.
13) 어버이의 덕망을 따르지 못할 만큼 못나고 어리석음.
14) 쾌히 허락하는 것.
15) 극심하게 분주한 사무.
16) 뇌물.
17) 청탁
18) 주역.

청컨대 그를 면직시켜 욕심 많고 더러운 자를 징계하옵소서."
하였다. 그때에 집정자가 곡량(穀粱)¹⁾의 학(學)으로 진출한 이
가 있어, 군자(軍資)의 장(將)으로 변책(邊策)을 세우려 하나 방
의 일을 미워하여 드디어 그 말을 도우니, 위에서 그 사룀을 들
어 방이 드디어 쫓겨나게 되었다. 그가 문인(門人)²⁾에게 하는
말이,

"내가 얼마 전에 임금님을 뵙고 혼자 천하의 정치를 도맡아
보아, 장차 나라의 경제가 족하고 백성의 재물이 넉넉하게 하고
자 하였더니, 이제 하치 않은 죄로 내버림을 당하게 되었지만,
나아가 쓰이거나 쫓겨나 버림을 받거나 나로서는 더하고 손해
날 것이 없다. 다행히 나의 목숨이 실오라기처럼 끊어지지 않
고, 진실로 주머니 속에 감추어 말없이 내 몸을 용납하였다가
뜬마름과 같은 자취로 곧장 강회(江淮)의 별업(別業)에 돌아가
약야계(若冶溪)³⁾ 위에 낚싯줄을 드리우고 고기를 낚아 술을 사
며, 민상(民商)과 해고(海賈)⁴⁾와 더불어 술배(酒船)에 둥실 떠
마시면서 한평생을 마치면 그만이다. 비 천종(千種)의 녹(祿)과
오정(五鼎)⁵⁾의 밥인들 내 어찌 그것을 부러워하여 이와 바꾸랴.
그러나 나의 술(術)이 아무래도 오래면 다시 일어나리로라."
하였다.

진(晋)나라 화교가 풍(風)을 듣고 기쁘게 사귀어 거만(巨萬)⁶⁾

---

1) 자하의 제자인 곡량적을 이르는 말로, 유교 경전인 《춘후》의 주석서 《곡량전》을 썼음.
2) 이름난 학자의 제자. 문하생.
3) 중국 남부의 지명으로 큰 부자인 도주공이 여기에서 돈을 모았다고 함.
4) 바다 장사, 또는 그 일을 하는 사람.
5) 다섯 솥.
6) 썩 많음. 또는, 막대한 수.

의 재산을 모았고, 드디어 그를 사랑하여 벽(癖)을 이루었으므로 노포가 논(論)을 지어 그것을 비난하고 그릇된 풍속을 바로 잡았다. 오직 완선자 적(籍)만은 방달(放達)하여 속물을 즐기지 않았으되, 방의 무리와 더불어 막대를 짚고 나가 놀아 목로 술집에 이르러 문득 취하도록 마셨고, 왕이보는 입에 방의 이름을 담지 않고 다만 그것(阿堵)이라 일컬었으니, 그가 청의(淸議)하는 자에게 누천됨이 이와 같았다.

당나라가 일어나자 유안이 탁지 판관이 되었는데, 나라의 씀씀이 넉넉하지 못하므로 임금께 청하여 다시 방의 술(術)을 써서 나라의 씀씀이를 편하게 하자 하였으니, 그의 말이 식화지(食貨志)에 있다. 그때에 방은 죽은 지가 이미 오래였고, 그 문도로서 사방에 옮아 흩어져 있는 자들이 물색되어 찾아서 다시 쓰였다. 그러므로 그 술(術)이 개원(開元)·천보(天寶)의 즈음에 크게 행하여 위에서 조서(詔書)[7]를 내려 방에게 조의대부소부승의 벼슬을 추증(追贈)[8]하였다.

남송 신종조 때에 왕안석이 나랏일을 맡아 보면서 여혜경을 끌어와 함께 정사를 도왔는데, 청묘법(靑苗法)을 세우니 그때에 천하가 비로소 떠들썩하여 아주 못살게 되었다. 소식이 그 폐단을 극론(極論)[9]하여 그들을 모조리 배척하려다가 도리어 모함에 빠져 쫓겨나 귀양가게 되매, 그로부터 조정의 인사들이 감히 말하지 못하였다. 사마광이 상(相)으로 들어가 그 법을 폐하기를 아뢰고, 소식을 천거하여 쓰니, 방의 무리가 조금 세력이 감

7) 임금의 명령을 적은 문서.
8) 나라에 공로가 있는 벼슬아치가 죽은 뒤에 벼슬을 높여 주는 것.
9) 철저하게 논하는 것.

소되어 다시 성하지 못하였다. 방의 아들 윤(輪)은 경박[1]하여 세상의 욕을 먹었고, 뒤에 수형령이 되었으나 장물죄가 드러나 사형되었다 한다.

사신이 말하기를,

"남의 신하가 되어 두 마음을 품고 큰 이(利)를 쫓는 자를 어찌 충(忠)이라 이를 것인가. 방이 법을 만나고 주인을 만나 정신을 모으고 마음을 도사려 정녕(丁寧)[2]한 약속을 손에 잡아 그다지 적지 않은 사랑을 받았으니, 마땅히 이익을 일으키고 해(害)를 덜어 그 은우(恩遇)[3]를 갚을 것이어늘, 비를 도와 권세를 도맡아 부리고 이에 사사로운 당을 세웠으니, 충신은 경외(境外)[4]의 사귐이 없다는 것에 어그러진 자이다."

하였다. 방이 죽자 그 무리가 다시 남송에 쓰여져 집정자에게 아부하여 도리어 올바른 사람들을 모함하였으니, 비록 길고 짧은 이치는 저 명명(冥冥)[5]한 데 있으나 만일 원제가 진작 공우의 한 말을 용납하여 하루아침에 다 죽여 버렸던들 가히 후환을 없앴을 터인데, 오직 재억(裁抑)[6]만을 더하여 후세에 폐단을 끼치게 하였으니, 대저 일보다 말이 앞서는 자는 늘 미덥지 못함이 걱정이라 할까.

---

1) 언행이 가볍고 얄음.
2) 정말로 틀림없이.
3) 고마운 대우.
4) 어떤 경계의 밖. 범위를 벗어남.
5) 사정이 분명하지 않음.
6) 제재하여 억누름.

작품 해설

공방의 조상은 수양산 굴 속에 숨어 살았고, 세상에 나와 쓰여진 적이 없었는데, 황제 때 처음 채용되었다. 공방은 인품이 둥글고 가운데 구멍은 네모나고, 안은 모났다. 성질이 워낙 굳센 탓에 세상일에 그다지 세련되지 못했으나, 웅변을 잘해 그의 이름은 세상에 드러났다.

그러나 나라의 세금을 담당한 그는 탐욕스럽고 돈을 중하게 여기는 한편 곡식을 천하게 다루는 등 행실이 나쁘고 백성들로 하여금 근본, 즉 농사를 버리고 장사 잇속만 따르게 했다. 더구나 사람을 대함에도 어질고 불초함을 묻지도 않은 채 재물을 많이 가진 자만 섬겨, 그들의 집에 자주 드나들면서 자신도 권세를 부리며 온갖 나쁜 짓을 저질렀다. 이 때문에 공우라는 신하가 글을 올려 공방은 조정에서 쫓겨나 후일에 뇌물을 받은 죄로 죽임을 당했다.

이와 같은 내용을 담은 〈공방전〉은 고려 무신 집정 때의 문인인 임춘이 돈을 의인화하여 지은 작품으로, 돈 때문에 생기는 폐해를 비판하고 있다.

주인공인 공방은 욕심이 많고 염치가 없는 인물로, 백성들이 이익을 좇는 일에만 종사하게 하고, 천한 사람들과도 사귀기도 한다. 이것은 탐욕스러운 인물로서의 공방의 모습을 보여 준다. 지은이는 이 글에서 돈이 생겨난 유래와 돈이 생활에 미치는 폐해를 보여 줌으로써 사람들이 재물을 탐하는 것을 경계하고 있다.

이 소설은 임춘의 삶과도 매우 밀접하게 연관되어 있다. 이 작품의 지은이인 임춘은 고려 의종·명종 때 문인이자 학자로, 호는 서하이다. 일찍부터 유교적 교양과 문학을 익혀 입신할 것을 생각했지만 마음과는 달리 과거에 여러 번 낙방했을 정도로 벼슬과는 인연이 적었다.

의종 24년인 1170년에는 무신 정변을 맞아 겨우 목숨을 보전했고, 그 뒤 일생을 가난한 살림살이로 보낸 불우한 인물이다.

이러한 삶은 그에게 구체적인 사물과의 일상적인 관계를 통해 자기의 처지를 나타내는 방법을 택하게 했고, 이에 따라 술을 다룬 〈공방전〉이 태어난 것이리라.

다만, 한 가지 유념할 것은 이 작품이 집필된 고려 시대에는 엽전이 크게 보급되지 않았다는 사실이다. 이 작품에서 화폐의 부정적인 면을 강조한 것은 중국 화폐 역사를 살펴본 지은이가 우리 나라에서 생길 문제를 경계한 것으로 보인다.

청강사자현부전

　현부는 어떠한 사람인지 알 수 없다. 어떤 이는 말하기를,

　"그 선조는 신인(神人)이었다. 형제가 열 다섯 명인데, 모두 체구가 크고 굉장한 힘이 있었다. 천제(天帝)께서 명(命)하여 바다 가운데 있는 다섯 산을 붙잡게 하였던 자가 바로 이들이었다."

한다. 자손에게 이르러 모양이 차츰 작아지고 또한 소문이 날 정도로 힘이 센 자도 없었으며, 오직 복서(卜筮)[1]을 직업으로 삼았다. 터가 좋고 나쁨을 보아서 일정한 장소에 살지 않았기 때문에 그의 향리(鄕里)나 세계(世系)[2]를 자세히 알 수 없다.

　먼 조상은 문갑(文甲)인데, 요의 시대에 낙숫가에 숨어서 살았다. 임금이 그가 어질다는 소문을 듣고 백벽을 가지고 그를 초빙하였다. 문갑은 기이한 그림을 지고 와서 바치므로 임금이

---

1) 점치는 것.
2) 조상으로부터의 대대의 계통.

그를 가상히 여겨 낙수후에 봉하였다.

증조는 상제의 사자라고만 말할 뿐 이름은 밝히지 않았는데, 바로 홍범구주(洪範九疇)[1]를 지고 와서 백우에게 주던 자이다.

할아버지는 백약으로 하후 시대에 곤오에서 솥을 주조하였는데, 옹난을과 함께 힘을 다하여 공을 세웠고, 아버지는 중광(重光)인데, 나면서부터 왼쪽 옆구리에 '달의 아들 중광인데 나를 얻는 사람은, 서민은 제후가 될 것이고 제후는 제왕이 될 것이다' 라는 글이 있었으므로 그 글에 따라서 중광이라 이름한 것이다.

현부는 더욱 침착하고 국량(局量)[2]이 깊었다. 그의 어머니가 요광성이 품에 들어오는 꿈을 꾸고 아기를 뱄다. 막 낳았을 때 관상쟁이가 보고 말하기를,

"등은 산과 같고 무늬는 벌여 놓은 성좌를 이루었으니 반드시 신성할 상이다."

하였다. 장성하자 역상을 깊이 연구하여 천지, 일월, 음양, 한서, 풍우, 회명, 재상, 화복의 변화에 대한 것을 미리 다 알아내었다. 또 신선이 대기를 운행하고 공기를 호흡하여 죽지 않는 방법을 배웠다. 천성이 무를 숭상하므로 언제나 갑옷을 입고 다녔다.

임금이 그의 명성을 듣고 사신을 시켜 초빙하였으나 현부는 거만스럽게 돌아보지도 않고 곧 노래를 부르기를,

"진흙 속에 노니는 그 재미가 무궁한데, 높은 벼슬 받는 총영(寵榮) 내가 어찌 바랄소냐?"

---

1) 서경(書經)의 홍범에 기록되어 있는, 우(禹)가 정한 정치 도덕의 아홉 가지 원칙.
2) 사람을 포용하는 도량과 일을 처리하는 능력.

하고 웃으며 대답도 하지 않았다. 이로 말미암아 그를 불러들이지 못하였는데, 그 뒤 송 원왕 때 예저가 그를 강제로 협박하여 임금에게 바치려 하였다. 그런데 그가 아직 왕을 뵙기 전에, 왕의 꿈에 어떤 사람이 검은 옷차림으로 수레를 타고 와서 아뢰기를,

"나는 청강사자인데 왕을 뵈려 합니다."

하였는데, 이튿날 과연 예저가 현부를 데리고 와서 뵈었다. 왕은 크게 기뻐하여 그에게 벼슬을 주려 하니 현부는 아뢰기를,

"신이 예저에게 강압을 당하였고, 또한 왕께서 덕이 있다는 말을 들었으므로 와서 뵙게 되었을 뿐이요, 벼슬은 신의 본의가 아닙니다. 왕께서는 어찌 저를 머물러 두고 보내지 않으려 하십니까?"

하였다. 왕이 그를 놓아 보내려 하다가 위평의 밀간으로 인하여 곧 중지하고 그를 수형승에 임명하였다. 또 옮겨 도수사자를 제수하였다가 곧 발탁하여 대사령을 삼고, 나라의 시설하는 일, 인사 문제, 그리고 기거동작 (起居動作)[3], 흥망에 대하여 일의 대소를 막론하고 모두 그에게 물어 본 뒤에 행하였다.

왕이 어느 날 농담하기를,

"그대는 신명의 후손이며 더구나 길흉에도 밝은 자인데, 왜 몸을 일찍 보호하지 못하고 예저의 술책에 빠져 과인의 얻은 바가 되었는가?"

하니 현부가 아뢰기를,

"밝은 눈에도 보이지 않는 것이 있고, 지혜도 미치지 못하는

---

3) 사람이 살아가는 데 있어서의 기초적인 몸의 움직임.

곳이 있기 때문입니다."

라고 아뢰니, 왕이 크게 웃었다. 그 후 그의 종말을 아는 사람이 없다. 지금도 진신(搢紳)[1]들 사이에는 그의 덕을 사모하여 황금으로 그의 모양을 주조해서 차는 사람이 있다.

그의 맏아들인 원서는 사람에게 삶긴 바 되어 죽음에 임하여 탄식하기를,

"택일을 하지 않고 다니다가 오늘날 삶김을 당하는구나. 그러나 남산에 있는 나무를 다 태워도 나를 문드러지게는 하지 못할 것이다."

하였으니, 그는 이처럼 강개하였다. 둘째아들은 원저라 하는데, 오, 월의 사이를 방랑하면서 자호를 통현선생이라 하였다. 그 다음 아들은 역사책에 그 이름이 전하지 않는다. 모양이 극히 작으므로 점은 치지 못하고 오직 나무에 올라가서 매미를 잡고는 하더니, 또한 사람에게 삶긴 바 되었다.

그의 족속에는 혹 도를 얻어서 천년에 이르도록 죽지 않는 자가 있는데, 그가 있는 곳에는 푸른 구름이 덮여 있었다. 혹은 관리 속에 묻혀 살기도 하는데, 세상에서는 그를 현의독우라 칭하였다.

사신은 이렇게 평한다.

"지극히 은미(隱微)[2]한 상태에서 미리 살피며, 징조가 나타나기 이전에 예방하는 것은 성인이라도 어그러짐이 있는 법이다. 현부 같은 지혜로도 능히 예저의 술책을 막지 못하고 또 두 아들이 삶아 먹힘을 구제하지 못하였는데, 하물며 다른 이들이야

---

1) 지위가 높고 행동이 점잖은 사람.
2) 겉으로 드러나는 것이 거의 없음.

더 말할 것이 있겠는가! 옛적에 공자는 광 땅에서 고난을 겪었
고 또 제자인 자로가 죽어서 젓으로 담겨짐을 면하지 못하게 하
였으니, 아, 삼가지 않을 수 있겠는가."

작품 해설

〈청강사자현부전〉은 고려 고종 때 이규보가 쓴 것으로, 거북이를 소재로 의인화하여 안분지족의 처세와 절개를 나타내고 있다. 이규보의 다른 작품인 〈국선생전〉이 모든 일이 잘 풀리는 내용이라면 이 작품은 반대의 경우이다. 주인공 현부, 즉 거북의 선조가 신인이며 바다 가운데 있는 산을 지탱할 정도로 굉장한 힘이 있었는데, 자손대에 이르러 형체가 작아지고 힘도 사라져서 다만 점을 치는 것으로 작업을 삼았으며, 더구나 자신에게 관련된 것은 알지 못했다는 내용을 담고 있다.

아마도 지은이는 사물의 이치에 술과 같은 경우가 있고, 거북과 같은 경우가 있듯이 사람도 이에 유념하며 살 것을 강조하기 위해 대비되는 두 편의 작품을 내놓았던 것으로 여겨진다. 따라서 이 작품은 나라를 어질게 다스리고 백성들에게 은택을 입히는 치국의 도리를 다하되, 안분지족의 천리를 따라 살아갈 수 있음을 밝히고 있음을 알 수 있다.

그러면 이 작품의 간략한 내용을 추려 보자.

현부의 선조는 신인이며, 힘이 굉장해서 바다 가운데 있는 산을 지탱할 정도였다. 그러나 자손대에 이르러 점을 치는 것으로 직업을 삼았다.

현부의 먼 조상인 문갑은 요나라 때 이상한 그림을 임금에게 바쳐 낙수후로 봉해졌고, 증조부는 상제의 사자라고 스스로를 칭했는데, 대대로 국가에 공적이 있었다. 그 뒤 임금이 현부를 초빙했지만 "진흙 속에 노닐어 재미가 무궁한데 문갑 속에 담기는 사랑을 어이 바랄까!" 하며 자연 세계가 더 좋다고 해서 임금의 청에 응하지 않았다. 그러다가 춘추 시대에 세상에 나와서 존경받았다. 하지만 그 뒤 간 곳을 모르며, 사대부들은 그를 숭상하여 황금으로 된 그의 형상을 만들어 몸에 지니고 다니기도 했다.

자손 중에는 오나라와 월나라 사이에 은거하며 동현선생이라고 스스로 부른 자도 있었고, 사람들에게 붙잡혀 삶아 먹힌 자도 있었다.

이 작품을 쓴 이규보는 고려 시대의 문인으로, 자는 춘경, 호는 백운거사·지헌이다. 1168년에 태어난 그는 9세 때인 1176년에 중국 고전을 읽는 등 문재가 뛰어났다. 1189년 사마시에 수석으로 합격하고, 1190년 예부시에 동진사로 급제하지만 관직에 나가지 못하다가 32세 때 최충헌이 베푼 시회에서 최충헌을 칭송하는 시를 읊어 전주목에 부임했다.

하지만 관직에 오른 지 1년 4개월 만에 면직된 뒤 1202년 경주 일대에 반란이 일어나자 수제원으로 자원 종군했고, 이어 1215년에 종8품에 올랐다. 이것도 잠시, 1217년에 부하의 무고로 좌천되기도 했다. 1220년부터 중앙의 요직을 두루 맡기도 한 그는 1230년에는 8개월 동안 위도에 유배되었지만 같은해 9월부터 산관으로 복직했다.

1233년에 집현전 대학사 등 고위직에 복직된 뒤 문관으로서는 최고의 영예에 올랐고, 1241년에 사망했다.

저서로는 《동국이상국집》, 《백운소설》 등이 있다.

화
왕
계

옛날 화왕〔모란꽃〕님께서 처음 이 세상에 왔을 때 이 꽃을 향기로운 동산에 심고, 푸른 휘장으로 둘러치고는 극진히 모셔졌다.

바야흐로 따스한 봄이 돌아와 갖가지 꽃들이 흐드러지게 피어나고 있었다.

이때 화왕님이 곱고 탐스러운 꽃을 피웠다. 꽃 중의 꽃으로 빼어나게 아름다웠다.

여기에 있어서 멀고 가까운 곳에서 곱고 예쁜 꽃들이 다투어 화왕님을 뵈러 왔다. 깊고 그윽한 골짜기의 맑은 정기를 타고난 탐스러운 꽃들과, 양지바른 동산에서 싱그러운 향기를 내뿜으며 피어난 꽃들이 행여나 뒤질세라 앞을 다투어 모여 온 것이다.

그때 문든 한 가인(佳人)이 있었다. 불그레한 얼굴에 옥가이 흰 이와, 깨끗하고 탐스러운 감색 옷을 입고, 비틀거리면서 얌

전하게 앞으로 걸어 나왔다.

가인은 임금에게 아뢰었다.

"이 몸은 눈처럼 흰 모래 사장을 밟고, 거울같이 맑은 바다를 바라보며 살았습니다. 봄비에 목욕하여 몸의 먼지를 씻었고, 상쾌한 맑은 바람 속에 유유자적하게 자랐습니다. 제 이름은 장미라 하옵니다. 왕의 높으신 덕을 듣자옵고, 향기로운 침소에 모시고자 찾아왔습니다. 왕께서 이 몸을 받아 주시겠습니까?"

이때였다. 베옷을 입고 가죽띠를 허리에 두른 백발의 장부(丈夫) 한 사람이 지팡이를 손에 잡은 채 노쇠한 걸음걸이로 나와 공손히 허리를 굽혔다.

"이 몸은 서울 밖 한길 옆에 사는 놈으로서 아래로 창망한 들판을 내려다보고, 위로는 우뚝 치솟은 산 경치를 의지하고 살았습니다. 이름은 백두옹〔할미꽃〕이라 하옵니다. 가만히 보옵건대 좌우에서 보살피는 신하들이 공급해 주는 고량진미와 향기로운 차와 술로 차린 수라상이 전하의 식성을 흡족하게 하고, 정신을 맑게 해 드리고 있으나 또한 저장되어 있는 것이 있다면 보자기를 풀어 좋은 약으로는 전하의 양기를 돕고, 하찮은 약석 같은 것으로 전하의 몸에 있는 독을 제거해 올려야 할 줄 아옵니다. 그래서 말하기를 '비록 명주나 삼베가 있어도 관괴(질경이)라 해서 버리는 일이 없으니 여러 군자된 자는 없는 것에 대신하지 않음이 없다'[1]고 합니다. 모르겠습니다만 전하께서도 이런 뜻을 가지고 계시온지요?"

그러자 또 한 신하가 아뢰었다.

1) 《춘추좌전》에 나오는 말.

"두 사람이 왔사온데, 전하께서는 누구를 취하시고 누구를 버리시겠습니까?"

화왕님이 말하였다.

"장부의 말이 또한 도리가 있기는 하지만 가인은 얻기 어려우리니 앞으로 어찌할꼬?"

장부가 앞으로 나와 입을 열었다.

"제가 이렇게 온 것은 전하의 총명이 모든 사리를 잘 판단한다고 들었기 때문이옵니다. 하지만 지금 뵈오니 그렇지 않으시옵니다. 무릇 임금된 자로서 간사하고 아첨하는 자를 가까이 하고 정직한 자를 멀리 하지 않는 이는 드뭅니다. 그래서 맹자는 불우한 가운데 일생을 마쳤고, 풍당[2]은 낭관에 묻혀 머리가 백발이 되도록 늙었사옵니다. 예로부터 이러하오니 저인들 어찌할 수 있사오리까."

그제야 화왕님이 깨달은 듯이 말하였다.

"잘못하였다. 내가 잘못하였다."

---

2) 한나라 안릉 사람. 벼슬이 중랑서장에 그침. 문제가 그에게, '지금 변방이 심히 시끄러우니 염파나 이목 같은 장수가 없겠느냐?' 하고 묻자, 풍랑이 '지금 이 나라는 법이 몹시 어지러운 데다 상은 가볍게 주고 벌은 중합니다. 때문에 장사들이 힘껏 일하려고 하지 않습니다' 라고 대답했음. 이 말을 듣고 문제는 그를 아주 가상히 생각하여 추천했지만 그때는 그의 나이 이미 50이어서 벼슬을 할 수가 없었음.

작품 해설

신라 시대, 설총이 신문왕을 충고하고자 한 것으로 내용은 다음과 같다.

옛날 화왕께서 이 세상에 나오니 다른 어떤 꽃보다 예뻤다. 이를 본 많은 꽃들이 화왕을 보러 오고 그중 장미와 백두옹이 각각 자기를 등용해 줄 것을 바랐다. 화왕은 이 중에서 누구를 택할지 고민하다가 '아첨하는 자를 가까이 하지 않고, 정직한 자를 멀리하지 않는 이는 드물다'는 직언을 듣고 마침내 깨우쳐 백두옹을 택했다.

이처럼 〈화왕계〉는 꽃을 의인화하여 임금을 충고한 풍자적인 내용을 담고 있다. 즉 어진 임금 밑에는 어진 신하가 모이고, 폭군 밑에는 간신들이 모인다는 역사적 교훈을 꽃에 비겨서 상기시키고 있다. 설총으로부터 이 이야기를 들은 신문왕은 이 내용에 담긴 뜻이 매우 깊다 하여 글을 써 후세의 임금들에게 경계하도록 했다.

　이 작품은 우리 나라 최초의 창작 설화로, 신라 신문왕 때 설총이 왕을 충고하고자 하는 의도로 만든 것으로, 우리 나라 최초의 소설적인 기록이기도 하다. 한편, 후대의 가전체 소설은 이 작품의 영향을 받은 것으로 여겨진다.

　《동문선》에는 〈풍왕서(諷王書)〉라고 표기되어 있는데, 원래는 《삼국사기》 열전에 설총을 다루면서 제목 없이 언급된 것을 후대 사람들이 〈화왕계〉라고 부른 것이다.

　〈화왕계〉를 지은 설총은 신라 신문왕 때의 학자로, 원효 대사의 아들이다. 신라 십현(十賢) 중의 한 사람으로 한림을 지냈으며, 주로 왕의 자문 역할을 했다. 국학에 들어가 구경(九經)을 우리말로 가르치기도 한 그는 이두를 집대성했으며, 경서에 토를 달아 읽는 법을 창안하기도 했다. 강수, 최치원과 함께 신라 3대 문장가로 불린다.

　1022년 홍유후에 추봉되고, 문묘에 배향되었으며, 경주의 서악 서원에 제향되었다.

화왕전

화왕의 성은 요[1]요, 이름은 황이니 그의 계보는 낙양에서 갈
려 나왔다. 그는 살결이 곱고 얼굴이 잘생겼으며, 윤기가 흘러
불그레한 것이 정말 부귀를 누릴 기상이었다.

　뭇사람들이 모두 이를 사랑하여 높은 자리에 추대하여 왕으
로 삼았다. 봄 2월(음력)에 상림원(上林苑. 임금의 유원) 감천궁
(甘泉宮)[2]에서 왕위에 올라 연호를 감로(甘露)라 하고, 모든 색
을 푸른 것을 숭상하였다.

　인월(寅月. 음력 정월)로써 한 해의 머리를 삼았으니, 이는 하
(夏)[3]의 옛 제도를 따른 것이다. 그의 집은 흙으로 쌓아올린 섬
돌이 세 계단에 지나지 않았으니 이는 요(堯)[4]의 검소함을 계승

---

　1) 정황색이며, 요숭의 집 소산임.
　2) 한궁(漢宮)의 이름. 아름다운 샘물이 꽃에 좋음을 일렀음.
　3) 하(夏)는 일월로써 세수(歲首)를 삼았음.
　4) 중국 태고의 성제(聖帝). 이상적인 성덕을 가진 군주로 되어 있으나 실제 인물은 아니
　　고, 전설적·사상적 존재 인물로서, 기원전 2367년경에 산서성 평양에 도읍했음.

한 것이다. 그리고 얼굴은 빛나게 붉었으니 이것은 임금의 자질을 갖춘 것이다.

3월(음력)에 청조씨(靑鳥氏)를 보내어[1] 위자(魏紫)[2]를 맞이해서 왕후를 삼으니 이에 모든 후궁들이 도요시(桃夭詩.《시경》의 〈도요〉)를 읊어서 찬미하였다. 화왕이 다음과 같은 말씀을 내렸다.

"슬프도다, 내가 들으니, '옛날 삼후(三后)의 순수함이여, 아름다움이 진실로 있도다' 하였으니 대체 지극한 정치의 향내음이 신명을 감동시키는 것이라, 이제 내 명령을 하늘에서 받아 공경하면서 말을 하지 않고 오직 끝까지 잘해 나갈 것을 꾀하노니, 모든 초목(草木)들 중에 누가 적합하겠는가?"

모든 신하들이 아뢰었다.

"작약의 이름이 가장 오래 드러나 있다 하옵니다."

화왕이 곧 그를 온 나라에서 찾았다. 약(藥)이 마침 광릉 앞 들에 살고 있었으므로 그를 맞이하여 정승을 삼아 화왕은 그를 좌우에 두고 다음과 같은 명령을 내렸다.

"너는 오직 내 가까이에서 조석으로 나를 보양해 다오. 만일 '약'이 독하지 않으면 그 병이 낫지 않을 것이니라."[3]

약이 화왕에게 여쭈었다.

"덕(德)이란 외롭지 않은 것이라 반드시 이웃이 있는 법이옵니다[4]. 그러므로 《역경(易經)》에 이르기를 '띠 뿌리뽑아 보니

---

1) 서왕모가 청조를 한무제에게 보내어 편지를 전했음.
2) 위가자. 천엽의 대화(大花). 위가의 소산임.
3) 《서경》에 나오는 말.
4) 《논어》에 나오는 말.

뿌리가 서로 얽혀져 있다. 그는 아름다운 것'[5]이라 하였습니다. 그리하여 저 서호(西湖)[6]에는 처사(處士)[7]가 숨어 있고, 기수(淇水)[8]에는 군자[9]가 살고 있고, 강[10] 언덕에는 숨어서 벼슬을 하지 않는 자[11]가 있으니, 그들의 이름은 '매화'와 '대'와 '국화'라 하옵니다. 이들 셋은 모두 하나같이 깨끗하고 굳은 절개가 있사오니 참으로 천하의 제일가는 무리들이라 그들을 곧 불러서 쓰시옵소서."

화왕이 빙그레 웃음을 지으며, 사자(使者)로 하여금 예폐(禮幣)[12]를 갖추어서 이들을 초빙하였다. 국화는 오지 않고 매화와 대나무만 왔거늘 매화로써 촉군 태수를 삼고, 대로써 통평후를 삼았다. 화왕이 말씀을 내렸다.

"아아 매화여, 선생은 사람을 취할 때 덕으로 하고 얼굴로써 하지 말 것이며, 성실로써 하고 화려한 것으로써 하지 말 것이오. 만일 정치를 국 끓이듯이 조화를 이루기 위하여 그대를 쓴 것이오."

화왕은 또 대에게 말씀을 내렸다.

"아아 대나무여, 당신은 오직 곧은 신하라. 당신은 나를 닦게 하여 내게 잘못이 있을 때는 내 앞에서 즉시 간할 것이며, 어지

---

5)《역경》태괘(泰卦)의 말. 군자는 각기 그들 끼리끼리로 사귀어서 그 도(道)를 행해야 함을 이름.

6) 중국의 호수 이름. 송의 임포가 은거해 살던 곳.

7) 임포를 이름. 여기에서는 매화를 이른 말임. 임포는 매화를 아내같이 사랑했다고 함.

8) 중국의 땅 이름. 대가 많이 심어져 있음.

9) 대(竹)를 일컫는 말임.

10) 심양강을 일컫는 말임.

11) 진(晋)의 은사 도잠. 여기에서는 국화를 가리킴. 도잠은 국화를 몹시 사랑했음.

12) 고마움과 공경하는 뜻으로 보내는 물건.

러움을 만나서는 흔들리지 말지니라. 그리하여 온 나라 사람들이 바람에 쓰러지듯 감화를 입게 하는 것이 오직 당신의 아름다운 처사이니라."

벼슬을 나누어 준 다음 이맛살을 찌푸리며 말하였다.

"나는 아직 덕이 엷어서 신명의 덕을 돕지 못하겠도다."

그러니 영시(靈蓍)[1]를 얻어 점을 치고, 명협(蓂莢)[2]을 보아 달력을 살피고, 굴일(屈軼)[3]로써 간사한 사람들을 물리쳤다.

이러한 것으로 보건대, 누가 '재주를 다른 시대에서 빌지 않는다'고 할 것인가. 화왕이 이에 꽃다움과 아름다움을 찾아서 온 천하의 명류를 빠짐없이 맞이하였다. 지초(芝草)[4]와 난초는 뜰에 가득하고 복숭아와 오얏[5]은 문 앞에 가득차 각각 제 직책을 맡으니, 아무 말 없이 나라가 잘 다스려지니라.

이때를 당하여 풍우가 제때에 내리고 음양이 잘 조화되어, 모두를 기뻐하는 모양이 마치 춘대(春臺)·수역(壽域) 가운데 살고 있는 것 같았다. 화왕이 춘추가 높아지자 사치와 호사가 날로 심해 갔다.

해당화가 경국(傾國)의 색(色)[6]이 있다는 말을 듣고는 나비로 하여금 사자를 삼아 그를 맞이하였다. 화왕이 이를 만나 보니 곱고 예쁘므로 별궁에 따로 두고서 밤낮을 가리지 않고 행락을

---

1) 신령한 시초.
2) 풀 이름. 그 잎의 피고 떨어짐을 보아서 그 달의 크고 작음을 안다고 함.
3) 지영초. 영인을 가리킬 줄 알므로 이 이름을 얻었음.
4) 아름다운 자손을 일컬음.
5) 문객.
6) 나라 안에 으뜸가는 미인. 임금이 반해 나라가 뒤집혀도 모를 만하게 뛰어난 미인이라는 뜻.

일삼았다. 이때 대가 화왕에게 간하였다.

"제가 듣자오니, '마음이 색에 방탕한다면 나라가 망하지 않을 수 없다'[7] 하였사옵니다. 이로써 오왕(吳王)[8]이 서시[9]로 인하여 그의 대궐에 소를 팠고, 당명황[10]이 양귀비로 말미암아 서촉(西蜀)에 파천되었사오니 이를 경계하지 않을 수 없사옵니다."

그러나 화왕이 끝내 듣지 않았다. 하루아침에 욕수[11]가 서쪽에서부터 일자 금풍(金風)이 휘몰아치고 철마(鐵馬)[12]가 제멋대로 달려 삼엄한 살기가 천지에 가득하여 지나치는 곳마다 꺾여지고 남는 것이 없을 정도로 되었다.

그제야 화왕이 놀라 얼굴이 처참하게 되었다. 그리고 마침내는 상교(商郊)[13]에서 죽으매 나라는 드디어 망하고 말았다. 그의 한때의 번화(繁華)를 돌아보건대, 괴안(槐安)[14]의 꿈과 같았다. 작약은 화왕과 함께 죽고, 대는 겨우 그 절개를 지켰으며, 매화는 대유령(大庾嶺)[15]에 버림받고 다만 국화만이 초연하게 이 재난을 면할 수 있었다.

---

7) 《서경》 〈오자지가〉에서 나온 말.

8) 부차. 중국 춘추 시대의 오나라 왕. 오패의 한 사람. 월왕 구천을 회계에서 항복시키고, 기원전 482년에 황지에서 제후들과 회맹(會盟)했음. 나중에 월나라에 패해 자살함.

9) 월나라의 미인. 시가의 서쪽 마을에서 났으므로 이렇게 불렀음. 오왕이 서시에게 혹해 구천에게 패함.

10) 이융기.

11) 가을을 맡은 귀신.

12) 가을이 오행(五行)의 금(金)에 속하므로 쇠말이라고 함.

13) 상나라의 서울 거리. 가을이 오음(五音)의 상(商)에 속하므로 이렇게 일렀음.

14) 괴안국. 개미 임금의 잠깐 동안의 영화. 곧 남가일몽.

15) 재 이름. 매화가 있는 곳.

《시경(詩經)》에 말하기를,

밝고도 착하도다,
그의 몸을 보호하네.

라고 하였으니, 국화를 두고 한 말이다. 태사공(太史公)[1]은 이
에 대해서 다음과 같이 말하였다.

"부귀와 영화는 오직 사람의 하고자 하는 바이나 또한 사람
이 마땅히 경계하여야 할 것이다. 요씨와 위씨가 모든 꽃들 가
운데서 으뜸인 것은 부귀를 숭상하였기 때문이었으나, 급기야
그들이 꺾어져 없어짐에 이르러서는 도리어 매화·국화만도 못
하게 되어 버리는 것은 부귀란 잃어버리기 쉬운 것이기 때문이
다. 슬프도다. 사람의 가장 고귀한 것은 다만 그 만절(晩節)의
아름다움에 있지 아니하겠는가."

---

1) 옛날 사관(史官) 문인들이 흔히 빌어서 씀. 여기에서는 지은이의 지칭임.

작품 해설

〈화왕전〉은 조선 정조 때 이이순이 지은 소설로, 설총의 〈화왕계〉에서 영향을 받은 작품이다. 이 작품은 사람이 젊어서는 절개를 지키기 쉽지만 부귀공명에 대한 매력 때문에 늙어서는 절개를 지키기가 어렵다는 점을 들어 군주의 나라를 다스리는 것에 경계가 되는 교훈적인 내용을 담고 있다.

한편, 꽃을 의인화한 작품인 〈화왕계〉와 〈화사〉, 〈화왕전〉이 꽃에 인성(人性)을 부여하여 의인화한 수법과 군주를 주인공으로 풍자한 것은 세 작품 모두 같지만, 〈화왕계〉나 〈화사〉와는 달리 〈화왕전〉은 표현법이나 성격 묘사, 갈등과 대립으로 인한 흥미 유발 등이 다른 작품들보다 한결 우수하다.

이이순은 영조 30년인 1754년에 태어나 순조 32년인 1832에 죽은, 조선 후기의 문신이다. 자는 치양이며, 호는 후계·만와·긍재·육우당·육우헌·기은이다. 1779년 생원시에 합격한 뒤 이듬해에 태학에 들어간 그는 그 뒤 효릉재관에 이어 선공감봉사에 올랐다. 1805년 군자감주부가 되어 재정을 담당했으며, 이듬해에는 은진 현감으로 재직했다.

문집으로 《후계집》이 전하며, 작품으로는 〈화왕전〉과 〈일락
정기〉가 있다.

의승기

　천군(天君)이 왕위에 오르던 그 첫해였다. 그는 영대(靈臺. 대
(臺)의 이름)에 올라 방〔명당〕에 바로 앉으니 천군의 마음은 맑
아 아무런 사심이 없고 몸가짐도 편안하였다. 그의 덕(德)은 무
한이 넓어 무엇에도 비유하여 이름붙일 수가 없었다. 그렇기 때
문에 천군의 백성들은 배를 두드리고 태평성세를 노래하며 즐
겼다. 그리고 모두,

　"오직 한 분뿐인 우리 임금님이시여."

하며 천군을 찬양하였다. 그런 지 3년 만에 천군의 덕은 처음과
같지 않았다. 그러자 도적들의 세력은 커져 사람들을 못살게 굴
기도 하고 묶어 놓기도 하고, 살을 난도질하기도 하는 등 행패
가 말이 아니었으므로 천군의 나라는 거의 돌이킬 수 없는 지경
에 이르렀다.

　천군은 마침내 황야로 도망하고야 말았다. 그리하여 온 천하
를 떠돌아다니기를 마치 옛날 진공자(晉文公) 중이가 이웃 나라

에 망명하듯 그런 생활을 10여 년이나 하였다.

그는 이따금 고국에 돌아가고 싶은 마음이 싹터 울컥 솟아나 곤 하였으나 도적은 날뛰고 길이 막혀 뜻을 이루지 못하였다. 그것은 어린애가 고향을 떠나서 집으로 돌아올 수 없는 처지와 꼭 같았다.

그러던 중 때마침 스스로 성성옹(惺惺翁. 진리를 깨달은 사람) 이라 일컫는 자가 나타났다. 그는 차례로 도적들을 물리치고 천 군을 돌아오게 하여 다시 임금 자리에 모셨는데, 그 소원을 이 룬 것이 마치 옛날 항량¹⁾이 초왕(楚王)²⁾을 세운 고사와 같을뿐 더러 천군의 이름이 초왕의 이름과 같으므로 천군은 마침내 그 의 호를 의제(義帝)라 일컫고, 화덕왕(火德王)³⁾이라 칭하였다. 하(夏)⁴⁾의 연호를 쓰기 시작할 때 드디어 천군은 교문(敎文)을 내리기를 다음과 같이 하였다.

"짐이 지난번 덕이 미치지 못하여 도적들이 제멋대로 날뛰자 도망하여 온 천하를 떠돌아다녔으나 어디로 갈 바를 몰랐는데, 다행히 하늘의 돌봐 주심이 있어 다시 편안한 집으로 돌아오게 되었도다. 지금부터 모든 신하〔7정 9관〕들은 나의 잘못을 바로 잡아 나의 부덕(不德)으로 다시금 전날과 같은 난리를 겪지 않 도록 힘써 주오. 또 우리 가법(家法)이 어진 이를 존경함이 가 장 큰 일일지라도 성성옹으로 하여금 총리의 자리에 앉게 하여 왕사(王師)를 맡아보게 할 것이니 모든 백관들은 그의 명령에

---

1) 초나라의 장수. 항적의 숙부.
2) 의제. 항적이 그를 죽이고 스스로 서초패왕이 됨.
3) 초왕 손심(孫心)의 심(心)은 화장(火臟)에 속함.
4) 여름이 사계절 중 화절(火節)에 속함.

따르도록 하오."

그 후 천군은 더욱 더 나라일을 밝게 다스렸으므로 백성들은 기뻐하지 않는 사람이 없었다. 그러나 아직도 남은 도적이 소탕되지 않았기 때문에 가끔 틈을 타서 침범하는 때가 있었다. 항상 이것을 걱정해 오던 천군은 마침내 나라 안에 명령을 내려 널리 인재를 불러 모으며 하는 말이,

"누구라도 삼가 임금의 법을 행하여 남은 도적을 모조리 섬멸한다면 짐이 장차 그를 상장(上將)의 자리에 앉힐 뿐만 아니라 권력을 나누어 주리라."

그러자 얼마 후 맹호연[5]이란 사람이 나타났다. 그의 사람됨은 지극히 굳고 또한 대범한 기상이 있었다. 일찍이 맹자에게 사숙하므로 그의 성 맹씨를 따르게 되었다. 그는 곧 이 벼슬에 등용되려고 스스로 장담하여 말하기를,

"비록 천만 사람이 내 앞에 있다 하더라도 나는 떳떳하게 두려움없이 용감히 나아갈 것이다."[6]

천군이 그를 원수로 삼아 높이기를 지극히 하였고, 힘껏 대접하여 함께 나라일을 꾀하였다. 이 뒤로부터 도적이 침범해 오면 여지없이 격퇴시켰다. 그런 지 2년 만에 장차 군사를 일으켜 남은 도적들을 받아서 군사에게 맹세하였다.

"아아, 슬프도다. 우리 군사들이여, 모두들 내 말을 잘 들으시오. 저 도적들이 감히 천도(天道)를 문란하게 하여 국법과 예의를 무너뜨렸으니 예로부터 그의 나라를 망치고, 그의 집을 파산시키게 하고, 그의 몸을 그르치게 하는 것이 이에서 비롯되지

---

5) 중국 당나라 때의 시인. 양양 사람. 벼슬에 나아가지 않고 녹문산에 숨어살았음.
6) 《맹자》의 '호연지기' 를 말한 것임.

않음이 없었으니, 어찌 마음 아프지 않으리요. 게다가 지난번은 우리 나라의 건국을 틈타서, 놈들이 감히 발악하여 나라가 망함에 이르게 되었을 뿐만 아니라, 임금께서 파천(播遷)까지 하셨으니 무릇 혈기 있는 자로서 누가 분개하지 않으리요. 이제 너희들은 우리 임금님의 손톱이나 어금니가 되고 또는 심복도 되어야 한다. 또한 임금님의 목구멍과 혀의 중요한 위치에 있기도 하려니와, 다리와 팔 같은 보필의 중신이 되었으니 너희들은 힘을 한결같이 다하여 힘쓸지니라. 원래 입이란 좋은 일을 빚어 낼 수도 있지만, 나쁜 싸움을 일으킬 수도 있는 법이다[1]. 내 말은 두 번 다시 않으려 한다.”

맹세가 끝난 뒤에 드디어 군졸들은 행군이 시작되었다. 호연은 의마(意馬)를 타고, 충신(忠信)의 갑옷을 입고, 인의(仁義)의 방패를 들고, 앞에는 물자기(勿字旗)[2]를 세운 채 한길을 따라 행군해 나갔다. 군졸들은 규율 있게 행군하니 이를 구경하는 사람들은 저마다,

“이야말로 참된 장수구나.”

하고 감탄해 마지않았다. 군대는 드디어 깊고 험한 곳에 잠입하여 도적이 있는 곳까지 이르니 큰 바다가 그 남쪽으로 흐르고 있었다. 그 이름은 환해(宦海)라 하는데, 이는 곧 도적의 요해지였다. 거센 파도는 출렁거려 물결이 하늘에 닿는 듯하였다.

앞에 가던 배가 이내 뒤집어지자 뒤를 따르던 배들도 수없이 뒤집혀졌다. 꺾어진 노와 부러진 돛대는 몇 천 개나 되는지 모를 지경이었다. 도적을 치러 왔던 군대는 이곳에 이르게 되면

---

1) ‘원래 입은 싸움도 일으키고 좋은 일도 빚어 낸다’로,《서경》에서 나온 말. .
2) 예법이 아니면 보고 듣고, 말하고, 움직이지도 마라. 이것을 사잠(四箴)이라고 함.

번번이 회군하곤 하였다.

그 밖에 또 난관이 있었으니 이름은 명리관(名利關)이라 하였고, 산은 분산(忿山)이라 하였으며, 깊은 골짜기는 '욕(慾)'이라 이름하였다. 그곳들은 모두 도적이 스스로 험한 곳이라고 할 거한 지역이기도 하였다.

이에 호연이는 모든 장병들에게 명령하여 바다를 건너가 그 난관을 뚫고 들어가서 그 산을 무너뜨린 다음 그 구렁을 메워 버리니 반항하는 자가 하나도 없었다. 그리하여 도적들은 모두 평정되었다. 그 뒤에 놈들의 온갖 거짓이 드러나게 되고 또 한 구석에서 제멋대로 날뛰므로 다시금 군사를 일으켜 무찌르려 상의하였으나 성성옹이 천군에게 간하였다.

"우리 선왕께서는 덕을 빛내시고, 싸움을 좋아하지 않으시기를 임금께서는 이를 생각하시와 널리 문덕(文德)을 선전하신다면 칠순이 채 못 되어서 저 완강한 놈들이 저절로 뜰 아래에 귀순해 올 것이옵니다."

천군은 성성옹의 말을 듣고,

"참말로 정의로운 사람이구나."

하고 곧 군사를 철수시키고 문교(文敎)를 베풀고 간척(干戚)[3]으로 양편 섬돌 위에서 춤을 추게 하여 옛날 우제(虞帝)의 고사를 본받게 하였으나 남은 도적이 끝내 다 항복하지 않았다.

---

3) 방패와 도끼 등 병기. 우제 순이 문덕을 닦아 병기로 섬돌 위에서 춤을 추었더니 유묘가 저절로 항복했다고 함.

작품 해설

〈의승기〉는 조선 숙종 때의 학자인 임영(1649~1696)의 쓴 소설이다.

임영의 본관은 나주, 자는 덕함, 호는 창계이다. 이단상·박세채의 문인으로 1665년 17세에 사마시, 1671년 정시문과에 을과로 합격했다. 그 후 이조정랑, 대사헌, 전라도 관찰사, 개성 부유수, 참판을 지냈다. 경사(經史)에 정통하고 문장이 뛰어났다. 나주의 창계 서원, 함평의 수산사에 제향되었으며, 문집에는《창계집》이 있다.

그는 학맥에서는 기호학파에 속하였으나, 이기론(理氣論)에서는 이이의 학설을 그대로 계승하지 않고 다소 다른 견해를 제시하여 이황과 이이의 절충적인 입장을 취하였다. 이러한 그의 사상적 전개의 일면을 볼 수 있는 것이 〈의승기〉로, 이것은 이기일원론(理氣一元論)에 바탕을 두고, 지은이가 마음속에서 일어나는 여러 가지 생각을 의인화 기법으로 쓴 작품이다.

이 작품은 사람의 마음은 사리사욕에 끌려도 안을 바르게 하

고, 밖을 방정하게 하면 마음을 올바르게 할 수 있다는 유가의
심신 수양법을 표현한 것으로, 마음을 올바르게 하면 반드시 이
긴다는 주제를 다루고 있다.

여용국전

여용국(女容國)이 처음 나라를 세웠을 때 이를 둘러싸고 열다섯 개의 위성국이 있었다. 그들은 모두 여용국의 예쁜 효장황제의 염대의 일을 관장하고 있었다.

　염대의 이름은 능허대(凌虛臺), 별호는 경대(鏡臺)라고 한다. 이들 위성국들이 황제의 화장대를 관장하는 것이다.

　동원청(銅圓淸)의 자는 면경〔거울〕, 호는 감선생(鑑先生)이다. 그의 둥근 얼굴에 맑은 기상과 광채는 사람들을 이끌었다. 그는 언제나 황제의 좌우에 있었고, 혹시 황제의 얼굴이 단정하지 못하거나 의관이 바르지 못하면 반드시 간하여 경계하게 하였다. 그래서 황제는 그를 귀중히 여겨, 잠시도 손에서 놓으려 하지 않았다.

　거울 밑에는 열 다섯 명의 신하가 있었다. 태부인 주연〔연지〕, 소부인 백광〔분〕, 호치장군인 양수〔치솔〕, 수군도독인 관정〔세숫대야〕, 무위장군인 포세〔수건〕, 전전지휘사인 포엄〔물수건〕, 참군교위인 마령〔비누〕, 형부시랑인 방취〔향료〕, 총융사인 윤안〔곤지〕, 안무사인 백원〔분첩〕, 도지휘사인 납용〔납기름〕, 평장군인 섭강〔족집게〕, 도어사인 차연〔비녀〕, 전장군인 소쇄〔참 빗〕, 후장군인 소진〔빗치개. 곧 가리마 타개〕.

이 열 여섯 사람들이 각기 재주대로 마음을 다 받쳐 정사를 도왔다. 황제 역시 정성을 다하여 잘 다스렸다. 황제는 언제나 닭이 울면 일어나서는 모든 신하들을 화장대인 능허대 위에 모았다. 먼저 승상인 동원청〔거울〕을 부른 다음 차례로 열 다섯 신하를 차례로 불렀다.

신하들이 부름에 응하여 각기 차례대로 능허대 위에 나와 소임을 다하였으므로 여용국은 썩 잘 다스려지고 풍속이 점점 아름다워졌으며, 나라의 법도나 법령이 모두 잘 시행되었다.

그리하여 보는 사람마다 황제의 정치를 칭찬하지 않는 사람이 없었고 이 소문을 들은 사람치고 찾아뵙지 않은 이가 없었다. 이렇게 되자 황제는 생각이 점점 교만해져 편안하게 노는데에만 정신을 잃게 되었다.

나라의 정치는 저절로 잘 되어 가는 줄 믿었고, 마음이 방탕해져서 아침마다 거행되던 능허대〔화장대〕 모임의 조회까지 폐지하고 다시는 국정을 의논하지 않게 되니, 승상인 거울도 집에서 틀어박혀 나오지 않았다.

황제는 가끔 수군도독인 관정〔세숫대야〕을 부르거나, 전장군 소쇄〔참빗〕를 불러 의논하는 것이 고작이었다. 그런 까닭으로 주연〔연지〕·백분〔분〕 등 모든 신하는 일시에 물러나 그 소임을 돌보지 않자 몇 달이 지나서 나라는 크게 어지러워졌다. 사방에서 도둑들이 벌떼같이 일어났다. 도둑의 괴수는 구리공(垢裏

公), 곧 살갗에 붙는 때〔垢〕였다. 그는 먼저 광이산(廣耳山)인 귀를 점령하고, 스스로 흑면대왕(黑面大王)이라 일컬었으니 검은 전포(戰袍)에 검은 깃발을 날리며 점차 내지로 침입해 들어와, 열흘도 채 못 되어 오악(五嶽)인 이마·턱·코 그리고 양쪽 광대뼈를 전부 함락시키고 말았다.

승상인 거울은 매일같이 걱정하였지만 오랫동안 황제에게 나아가 뵙지 못하였으므로 감히 들어가서 아뢰지 못하였다. 이러는 동안에도 사방에 매일같이 도적이 창궐하여, 드디어 슬양이라는 이〔蝨〕가 흑두산(黑頭山)이라 머리에 버글거리게 되었고, 모송(毛松)인 솜털은 아미산(蛾眉山)인 눈썹으로 침입하였으며, 황염인 잇똥은 백석산인 이를 함락시켜 나라의 운명이 지극히 위태로운 데까지 이르렀다.

황제는 하루는 심기가 심히 불편함을 느끼고 승상인 동승상을 초치해 들이자 승상이 지체없이 아뢰었다.

"오늘 나라의 정세가 이처럼 어지러워져서 도적이 사방에서 일어났으나, 신들이 이들을 쫓아내지 못하였으니 그 죄는 만번 죽어 마땅하옵니다."

황제는 이 말을 듣고 크게 놀랐다. 그는 승상인 거울을 데리고 화장대인 능허대에 올라 사방을 돌아보니 나라 꼴이 말이 아니었다. 지방마다 황폐해져서 흑두산에는 잡목이 어지럽게 자라 있어, 이란 놈이 사방에 흩어져 수풀 사이사이에서 득실거리고 있다. 다섯 개의 묏부리에는 구리공이라는 신하가 검은 깃발에 검은 도포를 휘날리며, 검은 갑옷을 뒤집어쓴 군사들을 이끌고 도처에 안채를 구축하고 있었다. 뿐만 아니라 백석산 앞뒤에는 황염이 일군이 극성스럽게 곡구산〔입〕으로부터 적순관〔입

술]에 이르기까지 모두 그놈들이 차지하였다.

황제는 이를 보고 근심이 되어 승상인 동원청을 대하고 이들을 토벌할 계책이 없는가 하고 물었다. 이때 능허대 밑에서 두 사람이 뛰어들어와 소리를 질렀다.

"소장 등이 흑두산을 공격하여 이란 놈을 모조리 잡아오겠습니다."

돌아보니 앞에 있는 장군은 얼굴이 붉고 몸이 굽었으니 이는 전장군 참빗이요, 뒤에 선 장군은 누런 얼굴에 모가 났으니 이는 후장군 빗치개였다.

황제는 크게 기뻐하며 참빗을 선봉장으로 삼고, 빗치개를 후군으로 하여 군사를 일으켰다. 참빗은 한 떼의 군사를 거느리고 흑두산을 급습하자, 슬양이의 무리가 감히 대적하지 못하고 저마다 앞을 다투어 달아났다. 혹은 광이산에 도망가고, 혹은 황제의 뒤통수인 상림원(上林苑) 동산 숲 속에 숨는 등 종적을 감추어 버렸다. 참빗은 결국 한 놈도 생포하지 못하고 말았다.

이에 빗치개가 일진의 점두군[빗]을 거느리고 토벌 작전에 나섰다. 앞에서 긁고 뒤에서 훑으면서 모두 슬양의 무리는 생포해 가지고 돌아왔다.

황제는 크게 기뻐하여 두 장수에게 상을 각각 내리고, 슬양의 무리들을 모두 빗집인 첩향성(帖香城)에 몰아넣고 죽였다. 이리하여 흑두산이 평정되었다.

황제는 납용[납기름]으로 하여금 흑두산으로 흑두산 앞쪽을 진압하게 하고, 차연[비녀]을 시켜서 흑두산 후면을 진압하게 하여 싸움의 마무리를 끝냈다.

그리고 다시 때의 무리인 구리공을 소탕할 계획을 세웠다. 여럿이 전략을 논의하는 가운데 승상인 동원청이 아뢰었다.

"신이 생각하옵건대 구리공의 무리가 매우 창궐하여 제어하기 어려울 것이니 만일 옛날 회음후[1]가 용저를 쳐부순 작전이나, 또는 지백이 진양을 친 계책[2]을 쓰지 않고는 격파할 수 없을 것이옵니다. 모든 신하 가운데 수국도독 관정〔세숫대야〕이 수전에 능하오니 그를 쓰는 것이 좋을 듯하옵니다."

황제는 그의 말을 쫓아 관정인 세숫대야를 수군대도독으로 삼고, 포엄〔물수건〕으로 전국교위를 삼아 마령〔비누〕을 거기에 딸려 보내, 먼저 구리공의 본거지인 대채를 공격하게 하였다.

구리공이 있는 힘을 다하여 맞섰지만 마침내는 기진맥진하여 물에 빠져 죽고 말았다. 곧이어 포세〔수건〕와 함께 잔당들을 모조리 소탕하고 그 공적을 아뢰었다.

황제는 크게 기뻤다. 마음이 상쾌하여 포세가 상주하는 대로 3군에 각각 상을 내렸다. 그 다음 다시 윤안〔곤지〕과 방취〔향료〕에게 명을 내려 이마·코·턱, 그리고 양쪽 광대뼈 등 오악의 경계를 지키게 하고, 백원〔분첩〕을 유격대장으로 삼아 여러 성을 순행하면서 지키게 하고, 다시 주연으로 하여금 황제의 상림원〔뒤통수〕을 지키도록 하였다.

그런 다음 황제는 백광을 시켜 오악의 네 경계를 지키게 하고, 뒤로는 광이산, 아래로는 함이산〔턱〕에 이르기까지 경계하도록 하였다. 이때 한 장수가 큰소리로 아뢰었다.

"저 소쾌〔참빗〕와 관정이 모두 소임을 다하여 공을 세웠으나

---

1) 한신을 말함. 모래주머니로 물을 막았다가 적군이 강을 건널 때에 물을 터 놓아 몰살시킨 고사에서 끌어 온 것임.
2) 지백이란 장수가 진양을 칠 때 물을 성에 대어 공략했다는 고사가 있음.

소장만은 힘을 쓰지 못하였으니 어찌 부끄럽지 않겠사옵니까. 원컨대 아미산을 토벌하여 모송의 무리를 치게 해주옵소서."

모든 사람이 바라보니 이는 평장군 섭강〔족집게〕이었다. 아미산으로 쳐들어가서 모송을 모조리 뽑아 버리겠다는 것이었다. 황제가 허락하자, 그는 전포와 철갑을 몸에 두르고 손에는 쌍점창(雙點槍)을 비껴 잡고 눈을 부릅뜬 채 급히 아미산을 쳤다.

모송들이 혼비백산하여 감히 대항할 엄두도 내지 못하고, 추풍 낙엽 떨어지듯 하나하나 죽고 말았다. 섭강이 크게 적을 무찌르고 돌아오자 이번에는 다시 한 장수가 내달으며 크게 소리쳤다.

"소장이 저 황염〔잇똥〕을 토벌하여 백석산성을 평정하고자 합니다."

모두가 바라보니 이는 호치장군 양수〔칫솔〕이다. 황제는 쾌히 승낙하였다. 그는 명을 받들고 출전하였다. 흰 전포를 입고 은투구에 이화창(梨花槍)을 꼬나잡고 일지군을 거느리고 나가는데, 길쭉한 허리며 풍부한 하체는 예민하고 상체는 도톰하게 생겨 당당하고 위풍이 늠름하여 공을 세울 장수같이 보였다.

양수의 군대는 먼저 곡구산에 들어가 적순관 안의 작은 길을 따라 급히 공격하였다. 그러나 황염의 무리들이 성이 험하고 견고한 것을 믿고 쉽사리 항복하려 하지 않았다.

성 밖은 일거리에 쓸어 버릴 수 있었지만 성을 넘어 공격하기는 쉬운 일이 아니었다.

황제는 또한 한 떼의 수군에게 명을 내려 양수 부대를 지원하게 하였다.

수군이 먼저 산성을 쓸고, 이어서 양수의 칫솔군이 공략을 하자, 물은 잇사이를 넘어 성안으로 흘러 들어갔다.

잇뚱의 무리는 양면 공격을 받으면서도 완강히 항전하였으나, 마침내 더 이상 버티지 못해 모두 물에 빠져 죽고 말았다.

이로써 백석산이 완전히 평정되었다. 황제는 동승상과 더불어 그제야 능허대 위에 올라 사방을 바라보았다.

강산이 화려하고 땅덩어리는 번쩍번쩍 광택이 나서 전날의 기상을 완전히 되찾은 듯하였다.

황제는 기쁜 마음으로 여러 크고 작은 벼슬아치들을 불러 공로에 따라 상을 내리고 벼슬을 높여 주었다.

주연은 화국공에 봉하고 윤안은 이경후에 봉하였다. 그리고 향료 방취는 상산후를 삼았다.

이때 한 사람이 문득 반열(班列) 가운데서 걸어나오면서 아뢰었다.

"소장이 만일 수군을 독려하여 구리군을 무찌르지 않았던들 주연·백광 등이 공을 세울 수는 없었을 것이옵니다. 그런데 지금 이 사람의 공로는 두 장수의 아래에 있사오니 어찌 부끄러운 일이 아니오이까."

황제는 비로소 깨닫고, 이에 관정을 치하하고 봉하여 복석공을 삼았다.

이어서 마령은 도성후로, 양수는 백양후로, 납용은 도평후, 차연은 운성후, 섭강은 철성후로 삼아 각각 잔치와 가무를 벌이게 하였다.

열 다섯 장수들이 모두 황제의 은덕에 감격하여 각기 맡은 바 직책에 충실하여 이후부터는 나라가 태평하게 잘 살았다.

작품 해설

　조선 후기에 안정복(1712~1791)이 지은 소설로, 화장 도구를 의인화한 작품이다. 신하들의 도움을 받아 치세에 힘쓰면 나라가 태평하지만 안일하면 나라가 어지러워짐을 풍자적으로 의인화한 것으로, 조선 후기의 화장 관념, 화장품과 화장구를 알 수 있게 하는 자료가 되기도 한다.

　여용국이 처음 세워졌을 때 위성국이 열 다섯이나 되었으며, 이들은 모두 효장황제의 경대에 관한 일을 맡았다. 동원청은 늘 황제의 좌우에 있어서 황제의 얼굴이 얌전하지 않거나 의관이 단정하지 못하면 반드시 말씀을 드려 경계하도록 했다.

　그 아래에는 열 다섯 명의 신하가 있는데, 황제는 이들의 도움으로 여용국을 잘 다스렸다. 하지만 나라가 태평하자 황제는 교만하고 게을려져서 도적들이 일어났다. 도적들의 괴수는 구리공으로, 이들은 먼저 광이산을 점령하고, 나중에는 오악산을 함락시켰다. 그리고 슬양은 흑두산에 웅거하고 모송은 아미산

에 침입했다. 이에 전후장군 소쾌와 소진이 슬양을 잡고, 수전
을 잘하는 관청이 구리공을 섬멸하고, 섭강이 모송을 잡았다.
그러자 황제는 이들을 크게 상주고, 여용국은 예전처럼 화평을
되찾아 태평성대를 맞이했다.

한편, 이 작품과 같은 내용을 담은 것으로 한글 소설인 〈여용
국평란지〉이 있다. 〈여용국평란지〉이 언제 누가 지었는지 확실
하지 않다. 아울러 〈여용국평란기〉가 〈여용국전〉으로 한역(漢
譯)한 것인지, 〈여용국전〉을 〈여용국평란기〉로 옮긴 것인지 분
명하지 않은데, 지금까지 알려진 바로는 〈여용국평란기〉를 안
정복이 〈여용국전〉으로 번역한 것으로 여겨진다.

이 작품의 지은이인 안정복(1712~1791)은 조선 후기의 역사
학자이자 실학자로, 자는 백순, 호는 순암 · 한산병은 · 우이
자 · 상헌이다.

어려서 이익을 스승으로 삼고 여러 학문을 섭렵한 그는 특히

경학(經學)과 사학(史學)에 뛰어났다. 그러면서도 그는 과거에는 단 한 번도 응시하지 않았다. 1749년 천거로 후릉 참봉이 되었으나 나가지 않다가 만녕전 참봉이 되고 1751년 의영고 봉사, 이듬해 정릉 직장이 되었다. 이어 귀후서 별제 · 감찰 등을 지내고 사직, 1765년 제용감 주부 · 의금부도사가 되었으나 모두 취임하지 않았고, 1772년 영조의 세손인 정조를 바르게 이끄는 데 힘썼다. 1775년에 회인 현감과 익찬을 지내고 병으로 사퇴한 그는 이듬해 목천 현감이 되어 선정을 베풀었다. 1783년 돈녕부 주부가 되고, 1789년 첨지중추부사를 거쳐 이듬해 동지중추부사에 올라 광성군에 봉해졌다. 좌참찬에 추증되었으며, 시호는 문숙이다.

주요 저서로는 《동사강목》, 《임관정요》, 《천학고》 등이 있다.

오원전

오원[1]의 자는 오직으로 노나라 사람이다. 그의 선조에 오공이란 사람이 있었는데, 오공은 위나라 사람인 서려의 집에 출입하였다. 가록(家鹿)[2]을 잘 잡는 탓으로 서려의 사랑을 받았다. 서려는 날마다 봉급 100냥을 주고 오공을 백전군(百錢君)에 봉하였다.

　오원은 어머니의 꿈에 큰 말[馬]이 자기의 몸에 덮인 것을 꾼지 석달 만에 오원을 낳았다. 그는 어려서는 몸이 몹시 잔약해서 스스로 견뎌 내지 못할 것같이 보였다. 그러나 커 가매 따라 모습이 정한해지고, 날랜 것이 절륜해 보였다. 눈은 광채가 있었고 눈동자가 대낮이 되면 실오리같이 가늘어졌다. 어떤 사람이 오원이가 도둑을 잘 살핀다 해서 그를 임금에게 추천해 주었다.

---

1) 고양이. 까맣고 둥글다고 해서 일컬은 말.
2) 쥐를 일컬음.

임금이 오원을 지극히 사랑하여 늘 그를 좌우에 두고 털방석에 앉히고는 어육을 하사하면 오원이 반드시 엎드려서 먹었으며, 배가 부르면 곧 몸을 굽혀 졸곤 하였는데, 어떤 때에는 종일토록 일어나지 않았으나 임금은 이를 추궁하지 않았다. 그토록 모질고, 날랬으며 힘으로 군소배들을 꺾어 버리곤 하였다. 아침마다 그가 까만 옷과 흰 치마를 입고 대쪽 같은 소리를 내며 들어오면 군소배들은 모두 놀라서 피하곤 하였다. 임금이 일찍이 오원과 더불어 어전에서 희롱하다가 우연히 그 코가 손에 닿으니 코가 몹시 차가웠다. 임금이 깜짝 놀라 물었다.

"네 코는 어찌 그리 차가운고?"

오원이 그만 겁을 먹고 떨며 아뢰었다.

"신이 콧병이 있어 언제나 코가 차갑사옵니다. 다만 하지에 이르면 조금 따스해지옵니다."

임금이 웃으며 의원을 시켜 오약수(烏藥水)를 주어서 콧구멍을 씻었으나 그 콧병이 끝내 낫지 않았다.

오원이·어느 날 금중(禁中)에서 숙직할 때였다. 캄캄한 밤붕에 검은 옷을 입은 조그마한 도적 하나가 내고(內庫)로부터 궁중에 남몰래 들어와서, 복도에서 무엇을 붙잡고 오르려다가 오원을 보고는 벽 구멍 속으로 들어갔다. 오원이 그것을 알고 숨을 죽인 채 가만히 문 밖에 엎드려 있었다. 그러자 도적이 다시 방안으로 들어와서는 기물을 물어뜯었다. 뿐만 아니었다. 쌓인 반찬을 도둑질해 먹기도 하였다. 그때 오원이 힘을 한 번 써서 몸을 솟구쳐 그놈의 목을 졸라 죽이고 말았다.

임금이 그의 공을 가상하게 여겨 오공을 오정후(烏程侯)[1]에 봉하고 조서산(鳥鼠山)[2]을 식읍(食邑)으로 정해 주었다. 오원이

임금에게,

"이것들은 '쥐나 개 따위의 도적'에 지나지 않는데 어찌 제가 감히 봉후(封侯)를 받겠나이까."

하고 사양하였으나 임금은 한사코 듣지 않았다. 오원은 이로 말미암아 더욱 교만해지고 동류(同類)를 해쳤다.

그리고 사냥꾼 노령(盧令)[3]과 서로 사이가 좋지 않아 싸울 때 노령이 주먹으로 그를 갈기면 오원은 노령의 힘을 당해 내지 못하였다. 노령이 또 그의 뺨을 때렸다. 크게 노한 오원이 임금에게 하소연하였다. 그러나 임금이 못마땅한 얼굴로 말렸다.

"오정후가 저 사냥꾼에게 얻어맞았으니 무엇에 쓰겠는가."

이로부터 오원에 대한 임금의 사랑이 점점 쇠해져 갔다. 게다가 나이가 늙고 얼굴이 옹졸해진데다가 또한 졸기를 좋아하여 군소배를 제어하지 못하게 되니 임금이 그를 미워하기에 이르렀다. 하루는 좌우에 모시고 있더니 임금이 마침 일어나 뒷간에 갔다. 오원이 가만히 수라상 위에 있는 고기적을 씹다가 임금이 들어오는 것을 보고는 평상 밑에 들어가 숨었다. 이를 본 임금이 크게 노하여 소리쳤다.

"저 쥐 같은 하찮은 도적을 잡지 못하면서 도리어 쥐 도적을 흉내낸단 말이냐."

임금이 곧 불경죄로 다스리어 오정후의 인(印)을 빼앗은 다음 그를 가죽 자루에 넣어서 길가에다 내다버리게 하였다. 오원이 겨우 몸을 빠져 나와서 남의 집에 기식하였다. 그러나 도둑

---

1) 오정은 지명. 오(烏)자의 까만 것을 이용했음.
2) 중국의 산 이름. 고양이는 쥐와 새를 먹으므로 따서 썼음.
3) 노(盧)는 사냥개, 영(令)은 방울 소리. 여기에서는 통틀어 사냥개를 일컬음.

질을 잘 하였으므로 사람들이 모두 그를 미워하게 되었다.

얼마 후 오원이 병을 얻어 죽었으나 그의 자손이 번성하여 온 나라 안에 두루 살고 있었다.

태사공(太史公)[1]이 이를 다음과 같이 논평하였다.

"오원에게 칭찬할 만한 것이 있다면 곧 그가 굳세어 군소배를 겁먹게 하는 것이라고 하겠으나 그가 늙으매 미쳐서 사냥꾼과 다투었을 뿐만 아니라 그 임금의 반찬을 도적질해 먹었으니, 이야말로 '노망이 들면 정상적인 행동를 잃는다'는 것이 아니겠는가. 대체 사람이란 처음이 있고 끝이 있음이 진실로 어려운 일이다. 그러나 오원이 도적을 잡은 기이한 공로가 있음에도 불구하고 하찮은 허물로 인하여 벼슬에서 쫓겨나서, 그 공이 마침내 허물을 덮지 못하였으니 어찌 원통한 일이 아니랴."

---

1) 문인들이 흔히 빌어서 스스로를 일컫는 말. 여기에서는 문암을 가리킴.

작품 해설

〈오원전〉의 지은이인 유본학에 대해서는 널리 알려져 있지 않다. 다만 생년이 대략 1770년경으로 추정될 뿐이다. 그는 이 작품 외에도 〈김풍헌전〉·〈김광택전〉·〈이정해전〉·〈전시적전〉·〈박열부전〉 등 모두 여섯 편의 전(傳)을 썼다. 다른 전은 대부분 기인(奇人)의 행적을 남기는 데 치중한 데 비해 〈오원전〉은 섬세한 필치로 인생사를 가탁하여 표현하고 있다.

〈오원전〉은 가전체 소설로, 고양이를 의인화하여 약삭빠른 인물의 처세를 보여 줌으로써 가전체의 새로운 방향을 제시하고 있다.

오원은 노나라 사람으로, 도둑을 잘 지켜 천거되었다. 하지만 그 뒤에 오원은 임금의 사랑을 믿고 교만해졌다. 이어 사냥꾼 노령과 다투다가 임금의 총애를 잃었으며, 그 뒤 수라상 위에 놓인 음식을 훔쳐 먹으려다가 들켜 쫓겨나 길에 버려졌다. 그리고는 민가에서 구걸과 도둑질로 연명하다 병으로 죽고 말았다.

▌구 인 환 ▌
서울대학교 사범대학 국어교육과 졸업
서울대학교 대학원 국어국문과 수료(문학 박사)
서울대학교 사범대학 교수
국어국문학회 대표이사 및
한국소설가협회 이사
문학과문학교육연구소 소장
서울대학교 명예교수

우리 고전 다시 읽기

국순전

초판 1 쇄 발행   2003년 12월 15일
초판 5 쇄 발행   2012년 2월 20일

엮 은 이   구 인 환
지 은 이   임춘 외
펴 낸 이   신 원 영
펴 낸 곳   (주)신원문화사

주   소   서울시 영등포구 당산동 121-245 신원빌딩 3층
전   화   3664 - 2131~4
팩   스   3664 - 2130

출판등록   1976년 9월 16일 제5-68호

＊ 잘못된 책은 바꾸어 드립니다.

ISBN 89 - 359 - 1145 - 3 04810